我們那山東老爸

高治宇 著

本書

謹獻給四舅黃至正老先生九十大壽

「當初你們爸爸若不帶著妻兒在一九四九年離開，後果不堪設想，

尤其在後來那場反右的運動中……」

四舅二〇一八年五月在武漢回憶道。

1950年代初，高福田、黃璇琳夫婦（後立者）與子女、親戚高友三（中坐者）難得留下的合影。前右為長女高惠宇，左為長子高經宇，黃璇琳手中抱著的是次子高綸宇。

高家早年在新店溪畔的家裡，常遭颱風淹水，四個子女僅有的幾張嬰、幼兒時期照片因他們的父親阻止母親撿拾，全掉落水裡沖走了。排行老么的高治宇出生後的六口成員全家福，就只剩下這幾張了。照片中另三個孩子，分別是長女高惠宇，長子高經宇，次子高綸宇。

1993年，高福田過世前兩年，高家子女替他在臺北景美萬盛街的家中拍了一些照片。一向嚴肅的高福田難得會開懷大笑，他是那種「生年不滿百，常懷千歲憂」的老派中國父親，更何況他一直認為自己的能力被大時代的動亂所埋沒了。

34198

1980和90年代，高福田、黃璇琳夫婦多次到美國新墨西哥州的洛斯阿拉摩斯小城探望么子高治宇一家，他喜歡與孫子Aaron合照。高福田是典型「重男輕女」的中國父親和中國爺爺，他與妻子養育了三男一女，但偏偏他的孫輩當中，是女孩多男孩少。受時代進步影響，他嘴裡不好說，心裡總覺遺憾，但慢慢地，他也逐漸接受了這種「上帝的安排」。

20 9 92

嫁給高福田之前，溫婉美麗的黃璇琳小姐是湖南武岡第二師範的校花，經常演出抗日話劇，因為鋒頭健，追求者不少。結婚後，開始在武漢一所小學任教，離開大陸來到臺灣，幾經波折又在臺北銘傳國小覓得教書一職。三十出頭的黃璇琳老師丰姿綽約，上課時很會講故事，學生都喜歡她。但是每天回到家，她卻常要應付心情與脾氣隨時陷入低潮的丈夫，有點辛苦，因此衰老得很快。

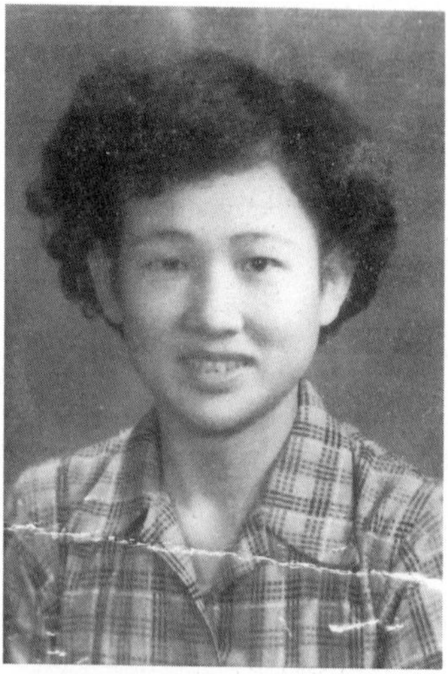

比高治宇年長八歲的姊姊高惠宇，常說一個形容父母親婚姻的故事：她念初中時，那時臺灣最暢銷的《中央日報》副刊連載了一位作家楊念慈寫的小說，叫《黑牛與白蛇》，寫的就是一位粗獷的鄉下男子，娶了一位溫柔細緻的妻子，兩人如何生活相處的故事。高惠宇說她每天看連載，覺得小說裡的白蛇比他們的母親快樂，因為黑牛心情不好時，並不會大聲喝斥白蛇！

這是高福田夫妻從大陸逃難來臺灣後，一家人住得最久的臺北景美萬盛街。高福田當年向北市銀的前身貸款了四萬元臺幣，購得的這棟後來才發現根本是違章建築的日式老屋，一路修修補補，因為四個子女逐漸長大，實在住不下，還向前向後增挪了一些空間。高治宇上小學後遷來此處，房子雖小，卻有個院子，最重要的是，颱風來襲時，再不必背起書包逃水災了！

高福田來到臺灣後，因境遇困頓，甚少社交活動。他只跟當年在大陸一起從軍的袍澤偶而相聚小酌，因為有著共同話題。其實，高家子女幼年讀書都算用功，長女高惠宇和么子高治宇從中學到大學，一關關通過嚴格聯考，讀的都是一流學校，後來都有機會赴美留學；而長子高經宇當軍人，在部隊也表現出色；次子高綸宇專業土木工程，曾任職榮工處，外派沙烏地阿拉伯。親朋都稱讚高福田教育成功，這些，恐怕是他一生中最愛聽的話了。

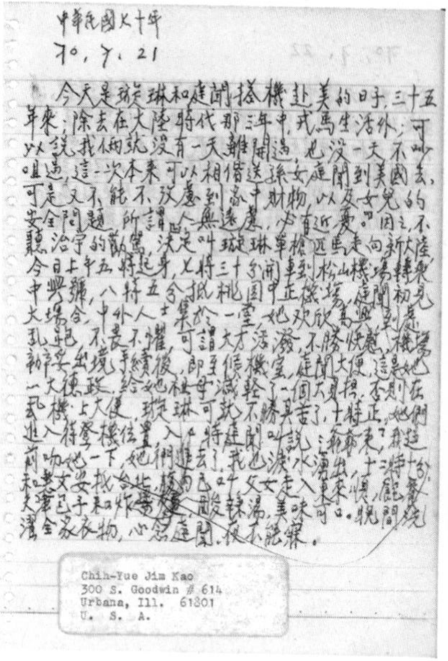

中華民國七十年
70.7.21

今天是璇琳和庭聞搭機赴美的日子，三十五年來，除去在大陸時代那三年中戎馬生活外，可以說我倆就沒有一天離開過，也沒一天不吵嘴過，這一次本來可以相偕送孫女庭聞到美國去，可是又不能不顧慮到家中財物，以及女兒的安全問題，所謂「人無遠慮，必有近憂。」因之不聽治宇的勸驚，決定叫璇琳單槍匹馬走向新大陸。今日上午五時起身，七時三十分開車到松山機場轉乘中興號，八時五分抵桃園中正機場，庭聞初見大場合，中外人士集於一堂，她欣欣高興到處亂跑，不畏不懼，可謂大方活潑，不勝快慰。機場辦完出境手續後，即至候機室，庭聞大便，這是她一大德政，給她祖母減輕了一個大負擔，否則在飛機上大便，璇琳可就不勝其苦了。十時正，她們進入候機位置，入口時庭聞叫說：爺爺來，我趕前吻她一下，她們進去了。我也淚水滴出。十二時十分和惠文要抵台北，[illegible]叫女女走入東來順，吃餐大蔥包子和炸醬麵，酸辣湯，美味可口。晚間洗濯全家衣物，心念庭聞，夜不能寐。

Chih-Yue Jim Kao
300 S. Goodwin # 614
Urbana, Ill. 61801
U. S. A.

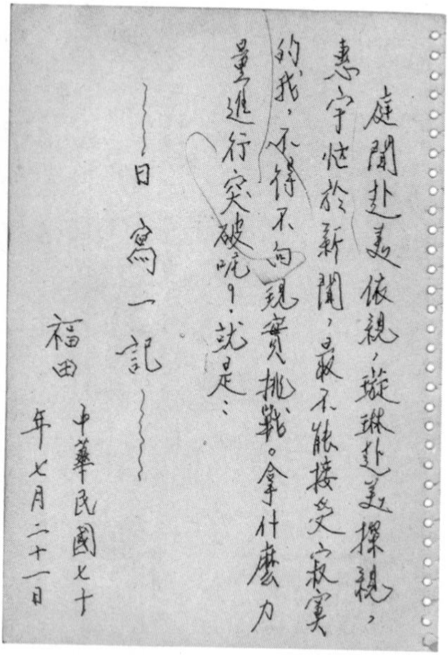

庭聞赴美依親，璇琳赴美探親，惠宇忙於新聞，最不能接受寂寞的我，不得不向現實挑戰。拿什麼力量進行突破呢？就是：

～～日寫一記～～

福田

中華民國七十年七月二十一日

高治宇和剛結婚的妻子在伊利諾州香檳城讀書時，長女高庭聞出世了，夫妻倆實在無法一面讀書，一面照顧一個嬰孩。高福田夫婦同意將才六個月大的孫女送回臺灣讓他們照顧。兩年後，又由奶奶黃璇琳一人護送孫女高庭聞返美。高福田不適應沒有妻子在身旁的日子，開始寫日記打發時間，簡單枯燥地記錄著每日起居的瑣瑣碎碎。

幾十年後，高家子女找到這本日記，從中知道了：父親雖常對著母親發脾氣，讓心靈纖細的母親受不了，但他真的不能一日離開母親。

高福田日記的第一天是這樣寫的：

民國70年7月21日。今天是璇琳和庭聞搭機赴美的日子，三十五年來，除去在大陸時代那一兩年的戎馬生活以外，可以說我倆就沒有一天離開過，也沒有一天不吵嘴過。這一次本來可以相偕送孫女庭聞到美國去，可是又不能不顧慮到家中財物，以及女兒的安全問題，所謂「人無遠慮，必有近憂」，因此未聽治宇的勸駕，決定叫璇琳單槍匹馬走向新大陸……

今日抵桃園中正機場後，庭聞初見大場合，中外人士集於一堂，她歡欣高興，到處亂跑，不畏不懼，可謂大方活潑，不勝欣慰……庭聞大便了，這是她一大德政，給她祖母減輕了一個大負擔，否則在飛機上大便，璇琳可就不勝其苦了……出境時，庭聞叫說：爺爺來！我趨前吻她一下，她們進去了，我也淚水湧出……夜不能寐。

日記中這些文字，高家子女感到實在不像他們從小認知中的父親了！

高福田過世後，長女高惠宇和次子高綸宇曾赴山東祭告祖先，回到山東昌邑縣高家莊的舊址，然在一大片相似的黃土丘中，難以正確定位祖父和祖母的正確墳丘，只能向著當地同鄉所指的大致方向，焚香燒紙鞠躬，向所有高氏逝者一起致敬。

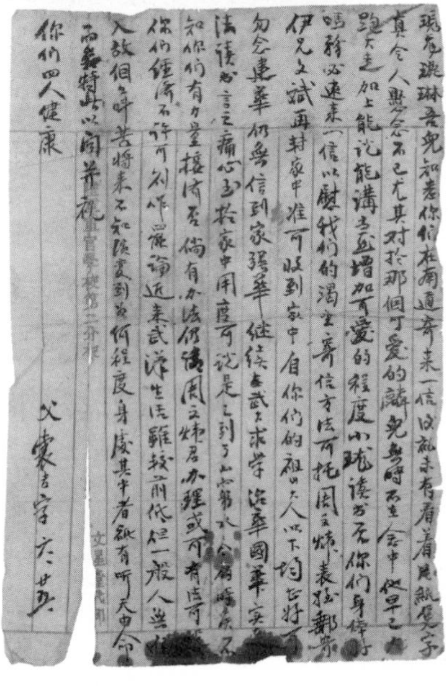

瑞生珮琳吾兒知悉你們在南通寄來一信收到未有看着只紙無字
真令人懸念不已尤其对於那個可愛的麟兒無時不在念中似早已在
跑大走加上能说能講手益增加可愛的程度小瑞讀书否你們身体好
嗎務必速来一信以慰我們的渴望寄信方法可托周文炜表姪鄒崇
伊兄文斌再封家中准可收到家中自你們的祖母大人以下均安好
勿念建華仍無信到家張華繼續在武大求学治華國華實
法讀书言之痛心至於家中用度可说是已到了山窮水盡的時候不
知你們有力量接濟否倘有办法你們請周文炜君办理或可有法可
你們經濟不許可則作罷論近來武漢生活雖較前低但一般人無
入款個個叫苦將来不知演变到如何程度身處其中者紙有聽天由命
而已特此以聞并祝
你們四人健康
父 裳吉字 六廿五

高福田的岳父黃裳吉在大陸淪陷後的第二年就鬱鬱寡歡的過世了。這是黃裳吉在女兒、女婿抵達臺灣不久後，輾轉寄來的一封信。

黃璇琳在民國35年決定嫁給高福田時，她的弟弟們都不能理解他們尊敬的大姊為何放著其他文質彬彬的追求者不理，而要與一個山東軍人漢子成婚。後來高福田跟著軍隊到了廈門，又千辛萬苦「潛回匪區」湖北武漢去接出妻子和兒女，其間遭逢大陸淪陷，一家人嘗盡逃難的艱辛。
而後在臺灣從無到有的建立了一個六口之家，照片中的黃璇琳弟弟們才佩服姊夫的勇敢和毅力。

—前言—

為什麼要寫這本書？

我們的父親高福田先生，是一九九三年十二月十五日清晨離開我們而去，享壽七十五歲。距離他被發現已罹患末期大腸癌，只有短短不可思議的兩周。

那天我們長跪在他的病床前，輕啜著與這位一生嚴格的爸爸告別。從小到大，他總告誡我們遇苦難要堅強，挨打受罵都不准哭出聲音。在他升天離世的那一刻，我們訓練有素地低頭安靜垂淚，沒有人嚎哭，深怕影響父親靈魂離去前的平靜。

匆匆跟三總辦理完遺體暫厝太平間的手續，我們坐下來回想過去這一、兩天發生的一切，心痛開始湧現。是一個什麼樣的戰場戰士，可以忍受腸癌末期每天大便無法排出的絞痛？是一個什麼樣的固執老人，當癌細胞製造的腹水多到肚皮明顯鼓脹，才要求我們帶他去醫院檢查？

醫生打開肚子，癌細胞早已擴散四處，什麼也不能做，重新縫好，一切太遲，只能注射嗎啡減輕疼痛，肚子開個小孔，引流不斷增加的腹水。

我們六神無主，託人去臺東鄉下買靈芝煎煮，灌進他緊閉的雙唇，然後又看著他一口口從嘴角流出來。沒有人敢告訴父親實情，劇痛讓他在衰弱中還掙扎著想發脾氣，他不斷翻白眼、說囈語，在抗議命運之神怎麼就這樣輕易打倒了一生剛強的他。

最後一天，他已聽不見我們的問話，疼痛讓他全身不停抽搐，醫生說我們可以暫時回去休息一下，才剛到家，就接到他斷氣的通知。

父親在世七十五年，這絕對不是一向自認健康過人的他，願意接受的天年！

我想起幼年時，他常蹲在地上，挺起胸膛，要我用拳頭用力捶他胸部。

他說，目的是要訓練我如何打拳。我是家裡四個孩子中的老么，與父親差三十六歲，我六歲揮拳擊他胸部時，他已經四十二歲了，他用這種方式向子女證明他是一個剛強如鐵的爸爸。

七十五歲離世前，父親看書讀報都拒絕戴老花眼鏡，他硬說自己的眼睛從未老化，其實看著他瞇眼讀報，我們知道他一生事業未成，最後只能強調自己身體比同年齡男子強很多。

或許因為他太強調自己的強健，我們都疏忽了他的小痛小病，一直讓他自己長期把腸癌出血當成痔瘡。父親死後多年，子女也都漸漸老去，每每看到跟他同時期的從軍者，不但升上將軍，且都九十歲以上高壽，我們心裡有隱隱的痛！

說父親是位奇人，應該不算誇張，因為他一生中有太多戲劇性的遭遇與抉擇，有多次的出生入死，他的前半生可用「一身是膽」來形容。

父親十八歲那年，遇七七事變，他決定離開窮苦的家鄉，前往從軍，先從山東南下至上海，再西往武漢，目標就是要加入蔣中正委員長的正規國軍，但因戰事阻隔，輾轉做了四年行伍生涯，才得以正式進入中央軍官學校。行伍期間，有一次遭遇日軍追擊，避走時，一顆炮彈片居然從他胯下穿過，射中了前面個兒較矮的一位同袍。

國共內戰時，已擔任副團長的父親，某次率眾突圍，肩部中了三槍而未死，繼續帶傷逃亡了兩日。

有一回全師皆被俘，他竟在十二小時之內，單獨逃出了敵營。

國民黨要遷臺時，父親為了尋找失聯的妻兒，他掛了上校團長的印，獨自從廈門便裝而行，沿途以乞討方式，返回已被共產黨佔領的湖北武漢，找到家小後，一家四口再輾轉逃到臺灣，途中多次絕處逢生，包括驚險之中計誘中共公安幹部幫忙找了船，搭去舟山群島。

初到臺灣基隆，已回不了部隊，家中三餐不繼，父親跑去碼頭做搬運苦力。其間十個月大的二女兒罹患肺炎，無錢醫治。某日夜間女嬰斷了氣，父親親手將尚未取名的女兒幼小身軀拋到海中，希望她下輩子托生在富貴人家。二哥出生時，為了省下助產士的費用，父親自己燒了剪刀，替母親接生。

生下我後，父母皆需上班，為了省下保姆費，在一歲半之前，我一整天單獨在竹搖籃中挨餓，哭喊到嗓子喑啞、屁股被大便浸爛。

如果以上幾個例子，讀者都覺得不為所動，那是因為三十多年來，我都在外國學物理，做科學，沒有仔細用中文寫過稿，文字表達沒有專業作家的張力。但是，我仍必須往下寫。

寫這本書的另外一個期待是：讓我們高家的後代，都知道他們的父祖輩中曾出現過這麼一位特殊人物，高氏家族應該因為有這樣的父祖人物而凝聚該有的向心力。

一生看盡許多知名人物在我們眼前閃過，我相信世界上絕大多數的人，終其一生都沒有成為一般人口中的所謂偉人或名人。但在他們經營生命的過程中，如何面對困苦和艱難，以及如何在困境中顯現出不一般的智慧和膽識，很多時候可能讓所謂的偉人或名人都望塵莫及。

唯一不同的是，名人或偉人的言行際遇，經過他人刻意的宣揚或描繪，能成為引人傳頌的故事。平凡人物一生默默，在生活中實踐的堅持和智慧，沒有人宣傳，就成了沒沒無聞的眾生之一。其實這也是一種不公平。

二〇一八年是我們父親逝世二十五周年，也是他一百歲冥誕，回想父親一生中，許多瀕臨絕望時刻所表現的智慧與頑強，與他關係最為親密的我這個么子，有一份要將父親故事寫出來的衝動，讓其他許許多多與我們一樣平凡的家庭，因此也能代代相告：平凡家庭也有可以流傳於世的深刻故事！

目次

後半生：家庭為重　簞食瓢飲　終不改其性

前半生

一身是膽　衝出萬難　唯時不我予

1

桀驁不馴的童年

父親一九一九年出生於山東省昌邑縣（現已併於濰坊市）皀樹角的高家莊。

昌邑縣自西漢初年就人文薈萃，昌邑王是漢朝著名的封國之一，如今的上海市也有一條昌邑路。父親所屬的高家莊，離膠濟鐵路的佐山站相當近，交通方便帶來進步與富庶，父親幼年的家境應算小康。父親及祖父高鐮山都是獨子，曾祖父高秉輝有兩個兄弟。所以每當父親說起他的大爺（伯父）及叔叔們，其實他們都是我們祖父的堂兄弟。山東人（或北方人）講究大排行，也就是同一個祖父的排行，所以到我父親這一代，不論大排行或小排行，他都是單一。

這只是兩代單傳的情況。如果是常聽到故事中所謂的三代單傳，感覺就更單薄了。

山東人管祖母叫嬤嬤（發音碼），管母親叫孃（娘）。父親的親嬤嬤去世得早，所以他另外兩位叔伯嬤嬤就成為父親記憶中的兩位祖母。其中一位嬤嬤對他特別好，因為父親的親祖父常年離家在東北教書，而父親的親爹

（我的爺爺）又常年離家在五湖四海遊蕩。

也因為同樣的原因，另一個嬤嬤卻對父親待遇較糟。吃飯分食物時，總分給自己的親孫子多些，對父親明顯不公，父親生氣了，將食物摔在地上拒吃，然後大聲抗議：「不是已經分了家？為啥我們家只分一份，你們家五份，只因為你們家孫子多嗎？」

父親的孃（我的奶奶）在屋裡聽見了，出來劈頭就給父親一頓打，這頓打，當然不只是要矯正父親，也宣洩了她自己丈夫（我祖父）常年離家不在的苦楚。這件事說明父親小時候就有倨傲脾氣。鄉下種田的活兒不是他喜歡幹的，除了偶爾外出拾糞，因為拾糞這活兒，可讓他乘機在外遊蕩一番。

我們祖父為何常年遊蕩在外，我問父親，他也說不清楚，也許是不願說清楚。據我分析：應該是祖父也不喜歡在鄉下種地，而曾祖父在東北教書的收入，讓他們三代四口足以溫飽，因此他放心外出。

雖然曾祖父是個前清秀才，但祖父自己沒讀過書，卻對天下大事能朗朗上口，且常有獨特的見解。據父親敘述，祖父喜歡遨遊大江南北，結交道上的朋友，還買空賣空的做過股票，搶帽子的經驗也不缺。當然最後都是血本無歸。

昌邑高家這對父子的個性有相當差異。舉個例子，有回祖父有個好友來訪，望見父親氣質不俗，就喊著要收父親為乾兒子。祖父也樂得成全，但是父親打死不拜乾爹。朋友走後，父親著實的挨了場打。祖母也在一旁直喊「打吧，往死裡打」，其實這是句反話，但也說明了祖母的烈性。但這場鞭打，卻無形中為這對父子倆建立了些特殊情感。

或許由於祖父的反面教育，父親一生對「大哥、二哥、麻子哥」這種江湖氣息保持距離。當他的三個兒子在成長過程有此傾向時，父親會毫不保留的規正。

到父親該啟蒙的年紀，祖父在家的時間較多，還是無所事事，但祖父熱心的張羅賣地，讓獨子（我父親）能去上學。此事讓祖母不樂意了，埋怨丈夫不下田幹活，盡交些道上朋友來家吃喝，現在又要賣地讀書，夫妻為此事時有爭執，有一天祖母想不開，吞了金，好在用韭菜加麻油救回命來。從此我父親有了數，想要讀書，還得靠自己，光靠家裡賣地行不通。

我們的祖母叫張氏（她沒有正式的名諱，父親也未告訴我祖母未嫁時的閨名），張氏其實也並非真的反對賣地給兒子念書，只是在農村大家庭中，「攀伴兒」是名正言順，也就是說：要念書就大夥都念書，要種地就大夥都種地。祖母雖然沒有親婆婆盯著她，但另兩位叔伯婆婆給她無形的壓力應該也是滿大的，她無法單獨賣地只讓自己兒子去念書。

祖母先後生了十一胎，只有老大（我父親）及一個么女存活下來，中間的九個，最大的只活到三歲。據父親的記憶，九個中有三對雙胞胎，這情形當時應可上「金氏世界紀錄」。就因為祖母不斷懷孕而且九個弟妹都沒存活，所以父親一直到十一歲都有母奶可喝。祖母的出身應該不錯，因為她有個弟弟（我父親最常提起的舅舅）是齊魯大學畢業的。這使得父親從小就不樂意和母親回姥孃（外祖母）家，因為父親總覺得母親張家看不起種地的高家。有回在外祖母家覺得自尊心受傷了，父親半夜裡一個人走了十幾里路回到自己家，第二天他母親回來後，少不了一頓毒打。

小學讀完，要上初中，花費更大，村裡同齡的男孩早已能下田幫忙。這會兒，我們的祖母就更排斥讓父親升學，撂下狠話，如果再賣地讀書，她這回要吞鴉片下高粱酒。家裡這時正好又添了個女娃（父親唯一的妹妹，我的姑姑，高福芝）。父親知道，要繼續讀書，必須另作圖謀。

父親有個三大爺，也就是祖父的三堂兄，也沒有留家種地，年輕時就去青島做了一名紗廠工人。父親十四歲那年（應該是虛歲），三大爺回鄉看見父親既不種地也不讀書，就說乾脆和他一起去青島做工吧。父親一口答應，沒讓祖母知道，偷了祖母三塊銀元，爺倆就搭了火車去了青島。

父親因個頭大，又接受了完整的小學教育，輕易的被選為紗廠童工。紗廠是日本人經營的，管吃管住，每月還發三銀元工資，加班另計。父親樂極了，馬上寫信給祖母報平安。後來祖父回家知道了這事，不但沒責怪父親，還讚美這兒子將來會有出息。

青島著實讓父親開了眼界，正逢發育期間，因為伙食好，身體吃得壯碩。父親將頭一個月的工資給自己添了一身完整的行頭，他從小就喜歡打理自己的穿著。

後來回憶中，他說最興奮的事，就是和三大爺去紗廠的公眾浴池洗澡，因為大池中混雜著日本婦女。但三大爺提醒他，眼睛不准亂看，有時父親眼睛好奇，三大爺急了，也會給父親劈個腦袋瓜子，以示自律。有回洗完澡，出門穿鞋，父親剛買沒多久的皮鞋不見了。三大爺責備他：「讓你別買那麼好的鞋！等著，我回去給你拿雙布鞋回來。」父親哪能如此善罷甘休，仔細的挑了挑散在地上的幾雙鞋，挑了一雙品質看得上眼的，緊追著三大爺去了。

這樣的日子過了十多個月，漸漸的日本人在青島的勢力愈來愈政治化，青年學生反日的情緒也逐漸高漲，父親有所體會，但不知如何舉動。算算存款，有好幾十塊大洋，可以回老家繼續讀書了。父親中學只順利念了四年，因七七事變而中斷。

在我的記憶中，父親閒談時，從未炫耀過自己的成績，常強調數學比較差。但他會指導我們求學的邏輯，可見得他在學業上是下過些工夫的。

2

離家從軍

一九三六年的西安事變，是父親生命中第一個轉捩點。小農出身的父親在當時是沒有特別政治取向的，親國民黨？親共產黨？還是親日本？這位年輕人還沒有定見。但西安事變時，蔣介石委員長被劫持的消息傳出，父親在日常生活中竟有些恍惚失據。但同一時間，他也發現，有些學生與老師聽見事變時，卻顯得興奮。

一個特立獨行的青年必須面臨政治抉擇了，這是亂世中每一個知識分子都要面對的艱難現實。就在此時，父親的國文老師發現了這位學子的政治傾向，似乎沒花費太多的精力，就替國民黨造就了一個終生的戰鬥成員。

接著七七事變來臨，華北岌岌可危，父親同班中有十多位學生決定要離開，有人往南（投奔國民黨），另一半往西（投奔共產黨）。我在父親說出這個事實時，曾十分吃驚地問：為何有這麼多年輕學生願意投共？父親笑而不答，自然因為那是個敏感話題。

父親和其他六位同學經由津浦線去往上海，出發前，祖父告訴父親：「哪裡有危險，就往哪裡去，高家祖宗都為你做了。」（一句典型山東式的語法）幾年前，我自己的兒子高岱峰，以美國陸軍中尉副連長身分，第一次受命駐防伊拉克時，我都沒有勇氣向他做出祖父當年對父親的同樣交代。

話說七位年輕人到了上海，正值國民黨軍隊在部署京滬保衛戰。他們先打聽哪裡是蔣委員長的嫡系部隊，卻得知每支部隊當時都只招兵，不招幹部，有些失望。有人建議他們快去武漢，因為那裡到處有招幹部的部隊，而且再不離開上海，難免會被抓去當兵。

「被抓兵，行啊，至少有飯吃。」其中幾位同學表態了。父親不以為然，他認為這樣和當炮灰無異，而且離家的目的不是只找碗飯吃。這是一場生存與意志的搏鬥；最後決定去武漢的只有三個人。

由上海往武漢，坐船最快。三人到了黃埔江碼頭，才頭一回瞭解所謂的「人山人海」是什麼意思。怎麼買票？如何上船？票價多少？全然不知。這些北方長大的孩子，有些連船都沒見過。

三人才瞭解到即使有錢，也未必能買到票，即使買到票，也未必能立刻離開。父親似乎天生就會處理這般緊急問題。他的主意很簡單，趁著黑夜，有小船離開碼頭時，縱身攀上船。這就不用買票，而且馬上能離開。

主意定下，夜已黑，竟發現有同樣點子的人還真多。也行，大家就各憑本事吧。夜愈黑愈好，大夥兒愈慌愈好。父親攀上了一艘不大不小的船，同時也聽到噗通噗通落水的聲音。好一副亂世景象，只有年輕力強的存活下來！

天亮時醒來，兩位同學已不知去向，不知是沒上來還是給擠下去了。十多個人當初一塊兒離家，不到半個月，父親就落了單，心中難免唏噓。

船上的人形形色色，有幾個惡形惡狀的，父親自忖，如果有狀況，應該都可以對付得了。沒多久，驗票員出現，父親正著急該如何應付，卻發現，這位仁兄似乎只查老弱婦孺，肯定是為了省事兒。父親近一八〇的身高，不但攀船容易，兵荒馬亂中連船票也省了。

幾天後，武漢到了。消息不假，碼頭上到處是招兵及招幹部的軍隊。父親照舊先打聽蔣委員長的嫡系部隊在哪裡，遇到了一位有山東口音的長官，他告訴父親，進蔣先生的嫡系部隊不是件容易的事，還要憑著關係；倒不如參加他們軍部辦的學兵連（相當於幹訓班之類的），六個月結訓後，就當少尉排長，一個月發餉二十二塊銀元。那位長官又說，軍長蕭之楚也是山東人，他自然會對山東人較好。山東老鄉的說服力強，父親暫時打消了非蔣系不進的想法。況且能先安定下來，肚子能吃上飯，也是很重要的。

加入學兵連，得要通過入學考試。第一道問題是寫出二十六個英文字母，第二道是幾何學中直角是幾多度，第三道是物理學，主考官說了一句「動者恆動」，問下一句是什麼。父親就這麼通過了考試，換上軍服，開始了革命軍人的生涯。

父親時常提起在學兵連的一些笑話。除了「草鞋布鞋」之類較為通俗的，有位教育班長的山東口音，讓許多南方學兵手足無措。父親最喜愛模仿這位班長的射擊訓練口令：「目標——、正前方——、敵人的當中裡，不對、中間裡！」會說山東土話的朋友，不妨試試這段口令。

3

行伍生涯

所謂行伍出身，指的是沒有受過正式軍事學校洗禮的軍官，有點和現今的軍校專修班或「老頭班」相似。這些人也有順利晉升高層將領的，就像早期的參謀總長李天羽，但終究會被標籤為「行伍」。講究出身高低，似乎古今中外皆然。

父親在學兵連結訓前，上海、南京已相繼失陷，許多公教文化單位早已繼續往西撤退。父親隸屬的二十六軍自然被規劃在保衛武漢的第六戰區。父親擔憂的是，就憑這半年的行伍式訓練，如何能帶兵打仗？學長及老班長就開導他：「沒什麼好怕的，第一仗打下來不死，就全都會了。」對一個不到十九歲的大孩子言，這是最嚴峻無情的啟示。

就在等待分發，準備上戰場之際，父親接到命令，到馮玉祥將軍的警衛連擔任排長。

馮玉祥是安徽人，曾經留學蘇俄，北伐時期擁蔣有功，之後卻又與閻錫山聯手反蔣，促成近代史上有名的中原大戰。但戰敗後兩人又都為蔣重用，馮玉祥於抗戰初，任第三戰區司令長官，其轄區在武漢保衛戰區之內。馮玉祥在各軍閥中，算是能文能武有守有為的，當時還在武漢大力提倡文藝界聯合抗日救國。我最喜歡的作家之一老舍，就曾受到馮將軍的支持。

有一回父親的警衛排值班，當時正值嚴冬，馮將軍與一般官兵穿著相同的棉質軍裝。見到身邊凍得發抖的值勤年輕排長，伸手至懷裡取出一個燒餅給父親，說：「吃了吧！」父親受寵若驚，驚的原因不只一端，其中之一是，這燒餅竟還是熱的。父親一直以為馮將軍愛兵如子，用自己的體溫暖著燒餅，後來才得知，馮將軍是穿著小綿羊襖當內衣的，保溫效果自然不在話下。

父親在馮玉祥的警衛連「呆」了一陣後，申請調至戰鬥單位，開始帶兵打仗，成為武漢保衛戰的基層軍官。軍旅生涯，訓練的時間多，打仗的時間少。而打仗的成敗，多少有點運氣，但訓練的成效則是硬碰硬。父親自詡是個一流的帶兵官，不論是軍容或是士氣，總是同層級部隊中最優秀的，也因此漸漸受到高層長官的重視，但距離父親的夢想——進入中央軍校，還有些差距。

在二十六軍期間，父親結交了一位一輩子的摯友劉繼望（號隆岐），也是山東人。當時劉是少校營附，之前當過父親學兵連的教官，也是行伍出身，比父親略長幾歲。他為人溫文儒雅，心思細密，與父親的脾氣暴躁，粗枝大葉，形成強烈對比。但兩人相處極為融洽，父親待劉為大哥，言聽計從。到臺灣後，我們幾個子女敬劉伯伯如敬父親。劉伯伯當時提供父親不少在軍中的生存之道，他是抗戰前就加入蕭之楚的部隊，對二十六軍的生態瞭如指掌。這些對父親日後的軍旅生涯助益良多。

可能因為父親的數理底子不錯，一九三九年底，被遴選派往廣西桂林輜重兵學校受訓半年。當時他還有些不情願，認為只有留在步兵單位，才是晉升將軍的捷徑。這算是父親頭一回出公差，與另一位同袍花了十幾日工夫才辛苦到達桂林。

往桂林途中的卡車上，遇到土匪打劫。大夥先被強迫下車列隊站好，然後遭土匪逐一搜身。搜至父親時，先打量了一下，竟然問父親貴姓！這是哪門子打劫？但父親心裡有數，答道「在家姓高，在外姓潘」。劫匪一拱拳，就放過了父親和他的同伴。

原來父親答的是青幫中的一句行話。「潘」者，「三番」也，就是明末清初以吳三桂為首的三位藩王。後來他們反清失敗，餘黨流入民間，成為青幫的一支。

父親反應的這一套，自然是從咱們祖父那裡學來的。我曾多次問父親，祖父是否為青幫分子，父親只是笑笑。我認為這間接說明了一點，那就是父親的個性是不喜歡拉幫結派的。他一生中都認為：奮鬥要靠自己，拉幫結派不是方法。這種人生哲學，在今日社會中已是異類，但我們幾個子女深受父親「遺傳」，因為都不喜歡拉幫結派，處世過程中略顯孤獨。

輜重兵學校結訓後，父親分發回原單位，任團部輜重連副連長。回部隊後，發現原有同袍，泰半已陣亡。父親意識到，當初如果沒去受訓的可能後果。輜重連聽起來像是一支機械化的隊伍，其實當時，它的任務與步兵連根本也差不多。有一個優勢，就是能直接和團長接觸，因為它直屬團部。

擔任輜重連副連長期間，父親的部隊曾與日軍發生多次戰鬥。不論勝敗，父親均得以毫髮無傷。有一回，部隊被日軍打得潰散，大夥撤退，其實就是落跑逃命。父親說「跑」可是有技巧的，不能直線死命地跑，這樣讓敵軍容易瞄準，而必須蛇行式的跑。為了保持平衡，手臂與腿部需向兩側些許拉開，就像美式足球員的跑法。跑的過程中，父親發現褲襠部位的大衣被炮彈片穿過著火，但卻看到前面一名個頭小的同袍，當場中彈。一八〇公分的身高，又救了父親一回。

再有一回是防禦作戰，父親發現有一挺重機槍居然無人操作（兩名機槍手都陣亡了），這是防禦大忌。他立刻快速跑到定點，一手托住子彈，一手扣扳機，「答答答」了一回合，就看到一大群日軍紛紛臥倒，此舉延遲了敵人的進攻速度，達成了防禦任務。

有一位老行伍副營長（當時稱營附）在背地裡發表看法，「高福田是最精的，不管仗怎麼打，他總能全身而退。」傳至父親耳中，他當作耳邊風，沒有反駁。多年後，父親升上了團長，這位老兄還是擔任營附。兩人見面時，父親展現了諸葛亮罵死王朗的架勢，對這位老兄說：「這世上，有些人是死裡求生，有些人是生中求死，我看你兩者都不是。」那人聽了，雙頰發熱，手足無措。

小時候聽父親講當兵往事，我常問父親，你到底殺死過多少敵人。他總是說：「我還真沒有親手殺過任何一個人。」顯示那一回對日軍進行機槍掃射，純屬臨危反應。我覺得這顯示了微妙的人性本質。你去問任何身經百戰的老兵，甚至黑社會的殺手同樣的問題，「你到底殺過多少人？」沒幾個人會正面回答你。

4

中央軍校

經過四年的努力與等待，這一刻終於到來。父親於一九四一年夏經二十六軍軍長丁字磐推薦，加入了中央軍校湖南武岡分校軍官班（相當於中央軍校正規班十八期），接受為期十八個月的軍事教育深造，並如願地進入了步兵科，番號為十三總隊第一大隊第四中隊。

順便一提，丁字磐將軍和我們的外祖父黃裳吉先生都是保定軍校二期的。丁先生來臺後，遠離軍事與政治，成為一名受尊崇的書法家，活到九十五歲。至於外祖父，後面會詳細介紹。

更上一層樓的感受，不僅僅是喜悅，還有惶恐。在軍校各路菁英聚集一堂的氛圍中，父親給人的印象是沉默式的驕傲，他總是冷靜觀察，配合上他的身高，傳達的訊息是他想卓爾不群。

從連長的身分變成一位軍校學員，需要相當的適應。本來身邊有小廚房的，現在變成一日兩餐都吃糙米乾飯，還未必吃得飽。本來是一呼四應的翩軍官，現在須從單兵基本動作重新學起。

父親小農出身，但盡量讓自己穿著不俗。在軍校課堂上，大夥穿棉製品，他穿的是毛呢，大夥穿草鞋及布鞋，他要穿皮鞋。教官們打聽過父親的底細，知道他是二十六軍的明日之星，也就睜隻眼閉隻眼。放假日出校活動，他總是穿上最帥的軍服去上最好的館子，畢竟每月三十多塊的上尉薪餉還是照發的。

漸漸地，父親發現，有不少學員是純憑關係來混個資歷的。這些傢伙非但沒打過一天仗，沒帶過一天兵，學養也不足，竟口口聲聲說走的是參謀體系。父親常令他們難以抬頭。但父親耿直與驕傲的個性，忽視了兩個重點：「憑關係進來的」，「將來要走參謀體系的」，這兩種人都是不可輕易得罪啊！

父親感激中央軍校提升了他的學科素質，為日後考上留美軍官班奠下基礎，只可惜遇上山河變色，撤退至臺灣而未能如願。

我從小讀書算成績優異，不需大人操心，父親與我討論課業時的互動，偏向精神與心理的層次。他最常告誡我的是：考試就如軍事攻擊，之前會非常緊張，號令一響，就精神專注，達成目標為止。他也相信「大考大玩，小考小玩，不考不玩」的道理。很小的時候，我覺得這些話純屬高調，但從高中、大學、留美攻讀博士至今，我已將此格言奉為圭臬。

父親二十三歲那年，在武漢認識了我們的母親黃璇琳。但黃璇琳小姐一直到三年後才知道高先生。事情是這樣的：母親當時在湖南武岡第二女子師範學校就讀，端莊的黃小姐當時被傳為是第二女子師範的校花，也是當地抗日話劇團的當家女主角，我外祖父又是武岡分校的少將主任教官。集如此光環於一身，你想她有機會注意一個默默在臺下的軍官學校學員嗎？

用現在的話說，父親當時只是母親的一名粉絲，因為父親不願錯過任何一場母親主演的話劇。不能不佩服的是：無名粉絲竟立志要將臺上的女主角娶到手！這段機緣容後再敘。

抗日戰爭在此時進行得愈來愈慘烈，日軍的炮火指向湖南與貴州。消息傳出，上兩期畢業的學長多數已在長沙二、三次會戰中陣亡。當時這種消息，對父親及大部分學員來說，僅是個統計數字，沒人會因此而睡不著覺、吃不下飯。死亡對亂世中的人是無所不在的，他們下一刻雖可能面臨死亡，但不會減少這一刻對生命的熱愛。這是一個動亂大時代的真實寫照。

一小部分有家眷的學員，會擔心戰局。有位龍姓學員連家眷都帶來武岡，住在學校外面。他時常想的是，武岡如果失守，如何把家小一齊帶走。夫妻倆還在武岡生了個兒子，就取名武岡。這位龍彬先生來臺後和父親也成了摯友，龍伯伯常解嘲式地對我們小輩說：「你們爸爸是能打仗的，我是哪兒安全，就往哪兒跑。」能如此自嘲也是個人物。

5

軍校結業，重回戰場

十八個月的中央軍校軍官班結訓時，已是一九四三年春天。結業典禮是在武岡城內一座廟宇中舉行的，當天禮臺有副對聯：「昔日六九戰區效力，看爾輩馳騁沙場，克奏膚功，奠定勝利基礎；今朝十三總隊畢業，願諸君重上前線，殲滅倭寇，光復漢室河山」。

父親被派返原單位：二十六軍四十四師一三〇團，任步兵連連長。在父親回憶中，抗戰的最後兩年，對他來說是多采多姿的。美軍人員、先進裝備，大量注入了戰場，父親在軍校強化過的英語能力，正好派上用場。

父親當時的幾位長官：旅長于兆龍，團長喻嘯牧，營長王化傑，他們是我小時候聽父親說故事時，耳熟能詳的名字。于兆龍先生來臺後，最後升至軍長，駐紮澎湖，退役後住臺中。我記得在四、五歲時，和父母去參加過他的六十大壽，但沒多久就因肝癌去世。喻嘯牧先生來臺後，轉業為公務員，曾任基隆港務局主任秘書。至於王化傑先生比較可惜，他在一九四四年的一次突圍中陣亡，留下美麗嬌妻，沒有子女。

喻嘯牧、王化傑和父親高福田，三位雖然身處上下隸屬的層級，但私下的情感像三兄弟。當父親升副營長時，他還可以選擇他想去哪一個營，夠交情吧！喻團長當時看上一位左小姐，也是武岡第二師範畢業的，母親的同學，也是名美人；是個「大」美人。但左小姐有點遲疑，因為二人的身材不大相稱，喻團長是短小精幹型。

父親掂量了一下情況，就請示喻團長「讓我來處理？」父親帶了幾個人，換了便衣，直接找上左小姐的父親，曉之以理，誘之以利。這幾個軍人的架勢和口氣，讓左老先生還真不能不答應。父親這次的「仗義行俠」，絕對有個人因素——如此才能建立日後正式認識黃璇琳小姐的終南捷徑啊。

一九四四年中，父親晉升少校任步兵營長。手下有個連長，姓柯名心雄，湖北當陽人，是我從小稱呼的柯叔叔，個頭不大，聰明細心，熱血忠勇。柯叔叔是父親一生認為最英勇的軍人，總是身先士卒去抄日軍的據點。

每次見到柯叔叔，就讓我體會到麥克阿瑟將軍的名言：「老兵不死，只是凋零。」柯叔叔和父親並肩參加的對日戰役計有：長衡會戰（又名第四次長沙會戰），桂柳戰役，及湘西會戰。

有回父親命柯連長帶兵去捉幾個日軍哨兵來，以打探日方軍力的番號。有名日兵竄入民宅頑強抵抗，為了活捉，只好放火，但這日兵誓死不降，還繼續從高處向外開火。最後被我方狙擊手射中，摔至地面，還未斷氣，但已問不出口供。翻了翻口袋，找出一張瀕死日兵和妻小的合照，以及一本簡單的手記。這次事件，讓父親這位才二十五歲就已經抗戰七年的國軍中級軍官，首次感受到戰爭的殘酷與悲涼。

抗戰的最後一年，日本軍閥當時已知道太平洋戰爭沒有希望，只求能及時打到重慶，控制整個中國，因此在湖南、貴州、廣西發動了超猛烈的攻擊，父親都躬逢其盛。

從桂林撤退時，父親負責炸毀一座主要橋樑，正等著百姓疏散時，忽然一位婦人將手中的嬰兒丟到父親身上後急忙跑走。父親沒告訴我，我也沒追問，最後是如何處理了那個嬰兒的。

抗戰勝利的前夕，喻團長和左小姐順利成為夫妻，父親這個功不可沒的「媒人」收到的大禮，自然是藉由左小姐正式認識了我的母親黃小姐。

6

抗戰勝利

先講個發生在母親身上的故事。母親從湖南第二師範畢業後，分發至武岡師小任教，和一名同姓黃的女老師共住一間宿舍。抗戰勝利後沒幾天的一個早晨，突然來了一架飛機低空衝著學校扔了幾枚炸彈，然後揚長而去。

炸彈碎片穿過牆壁，飛入兩位黃老師的房間，兩人立刻掛彩，母親只是小傷，嘴唇右上方和左手虎口淌血，另一位黃老師當時還未起床，母親過去一看，發現她躺在血泊中，胸部受了重傷，醫護人員趕到時，人已奄奄一息。

這事件驚動整個武岡，產生了很多的疑問：不是已經勝利了嗎？幹嘛要炸小學呢？身為武岡分校主任教官的外祖父，聽說有個黃老師被炸死了，「難道是我女兒嗎？」趕緊去母親學校探究竟。同一時間，母親也跑至軍校宿舍向外祖父報平安，父女二人竟在半路不期而遇！

這轟炸到底是怎麼一回事？能確定的是，不是日本人幹的，因為沒人看見飛機上有日本的太陽旗幟。那一定是國軍幹的，為何呢？沒人知道，但許多人，包括父親，猜測是為了要轟炸共產黨分子。當時學校中已經有很多老師是共黨同路人了。

和共產黨有關的事，以後還有很多要講，現在再回到父親的故事上。

勝利的榮耀，也不折不扣的反映在父親身上。他在勝利後的第一個任務，是前往湖南芷江接收美軍駐用的芷江飛機場。

這是一個在抗戰末期相當著名的機場。在勝利前夕中日最後一次的會戰中（所謂的湘西會戰），芷江機場是日軍最重要的戰略目標，目的是打擊國軍當時正在湘西地區換裝美製裝備的運作，以拖延國軍的反攻時間。

父親在芷江整整待了半年，前三個月辦理交接，後三個月負責機場警衛。他鎮日和美軍的負責軍官同坐一部吉普車，在機場各處巡走，好不威風。

在交接過程中，認識一位美藉華裔翻譯官，小個兒，操廣東口音，讓父親記憶深刻。與這位翻譯官的接觸，讓父親對美國這個國家有了瞭解，對世界局勢有了新的看法，對自己國家未來有了不同的思維。父親同時意識到，國共內戰已不可能避免。

美軍在芷江機場留下大量的非戰鬥軍用物資，奶油、巧克力、果醬、洋式火腿，甚至玻璃絲襪等等，讓大夥兒看傻了眼。父親先讓營裡弟兄們吃個夠，等到吃怕了、吃壞肚子了，才開始管制。接著孝敬上級，分送朋友。這些美軍物資讓父親成了最受歡迎的人物。

當時有個軍需官搞不清父親的秉性，竟獻策要私賣這些物資牟利，當場挨了父親兩耳光，「你小子不想活命，就儘管賣！」但父親也發現，這些物資為他帶來困擾，上級需索，下級偷盜，使他沒法專注於軍務。於是決定快速發派個精光，心想：以後誰還想吃這些玩意兒，就等下輩子吧。

7

結為連理

抗戰剛結束時，高營長和黃小姐仍在普通交往中，每逢假日，高營長會派車去武岡接黃小姐和一群電燈泡來機場用餐，然後去芷江鎮上看個電影什麼的。

以我母親的條件，父親當時是不可能沒有對手的。其實還不只一位。一位姓周，一位姓馬，也都是軍官。周先生多年來是外祖父在軍校教官處的手下，和黃家老小一直走得很近，文質彬彬，名字就叫文彬。小個頭，善體人意，深得外祖父的喜愛。而馬先生大名健，是個風度翩翩的帶兵官，人品學養俱佳，仍是個連長。

據我估計，如果父親沒出現的話，外祖父會推薦周先生，而母親自己可能會選擇馬先生。幼時常聽父親以揶揄調侃的口吻對母親說「妳當時應嫁馬健的」。父親當時對這兩位情敵的底細，瞭若指掌，同時也得知，黃教官（外祖父）對父親名揚遠近的山東式霸氣不太欣賞。外祖父自己的出身是屬於參謀體系，然後走教官體系，雖升至少將，但沒參與過戰役。

喻團長在得知父親的情場狀況後，伸出援手。他以團長和團長夫人（左修梅小姐）的名義，在高營長的機場營部舉辦午宴，專請黃小姐和若干黃小姐的燈泡群。

左小姐頻頻向老同學黃小姐敬酒，酒量不差的黃小姐自然回敬。這一來一往之下，黃小姐終於不勝酒力。團長夫人就建議，是不是找個地方先躺躺？這容易啊，營長寢室就在旁邊。

在場的誰都知道，包括母親自己，這午宴是要讓她表態的：如果因酒醉走人，兩人就算完了；如果用高營長的寢室醒酒，就算是營長的人了。母親此時用眼神向一位一齊來的姊妹示了個意，這姊妹馬上反應到了，立刻說：「我也喝多了些，就讓我陪黃璇琳一起進去躺躺吧！」

結果是：母親算是表了態，但沒有表死，又保護了自己的名節。父親本來也擔心，要是母親走人，他面子往哪擱？要是她獨自去他寢室醒酒，不管未來結果如何，難免有損女方名譽。男人只有真正愛一個女人時，才會考慮到這麼周全。

事後母親向外祖父報告了這一切，並決定選擇高福田托付終身。她委婉地解釋，雖然這位山東大漢的脾氣比較激烈，但他能帶給女人需要的安全感，而且高福田光棍一人，老家遠在山東，父母皆已離世，將來能為整個黃家帶來依靠。

母親雖然家中排行第四，但前面的兩兄一姊俱已亡故，弟妹們都還年幼，上面還有一位高齡老祖母，因此對家庭的責任感很強。外祖父頗有同感，而且自己馬上就要面臨退休，就決定請高營長來家裡一會。

父親大張旗鼓地準備著這次的會面：重新訂製了一套軍服和一雙長及膝蓋的馬靴，為黃家老小九口都準備了厚禮。他瞭解外祖父是一位兵法權威，所以還特地複習了兵法大全。

進了黃家大門，一家人都對父親既禮遇又好奇。父親在軍校時沒有機會與官拜少將的外祖父有面對面的接觸，當他看到外祖父著居家便裝，驚異的發現，這哪是個軍人呢，明明是位溫馴的儒者嘛！

外祖父將自己的身世做了簡短介紹：自幼失怙，靠母親撫養，藉著微薄的祖產，從陸軍小學讀到保定軍校畢業。從小身體羸弱，雖當了一輩子軍人，卻也抱了一輩子藥罐。他也很羨慕那些能衝鋒陷陣的同學，雖然現在已所剩無幾，包括陳誠、顧祝同、丁字磐等等。

剛剛才得知家鄉的父母在自己離家從軍這些年已相繼去世的高福田，立刻感受到家的溫暖，離家已八、九年，感謝上天又給他這北方農村子弟找了個新家。環顧周圍黃家大小老少，保護這個文弱的新家，應是自己未來的責任。

一九四六年（民國三十五年）五月十六日，父親與母親在湖南益陽，舉行了結婚典禮，軍長丁字磐為證婚人，幾乎全營官兵都到齊了，柯叔叔當總招待。他回憶全營都為之興奮的場景，有人打趣「高營長娶了美人歸，以後脾氣不會那麼暴躁了」。蜜月地點選在五湖之首的洞庭湖，父親包下了一整條船，準備在船上蜜月。

誰知婚後第三天，母親就開始發高燒，抽筋翻白眼。父親趕緊上岸，連夜趕到了師部，找到醫官，立刻要求開給抗生素，醫官說必須有師長下條子，父親急了，掏出手槍指著醫官的腦袋說：「如果我老婆沒命了，咱倆一塊兒陪葬。」母親痊癒後沒多久，就發現懷上了大姊惠宇。

抗戰勝利後，國軍大幅整編，為近代史上的重大事件，其中主要摻雜著國共對抗的政治因素，許多非蔣介石嫡系的軍人都遭到縮編或貶為地方警備，據當時估計，一共有一百八十個師被編掉了。父親因中央軍校的資歷，留在原單位仍任少校營長，但他的上屬長官都換了人，包括最提拔他的喻團長。父親自信自己條件應有地方去，他那時的座右銘是：「狼，走遍天下吃肉；狗，走遍天下吃屎。」

8

國共內戰

被俘十二小時

一九四七年前後，這時國共鬥爭的檯面上雖有重慶和談、馬歇爾調停等等的政治動作，但兩方暗地裡早已打得如火如荼。一九四六年底，父親的部隊奉命前往山東剿土共，也就是地方上的共黨部隊。戰鬥中父親的營陷入共軍的人海戰術包圍網，彈盡援絕，最後全營被俘，包括柯叔叔的那個連。

這段故事還是多年後柯叔叔告訴我的，父親從來沒提過，可能是好強，覺得沒面子提。

被俘後，身為營長的父親及各連級幹部必須隔離偵訊，父親竟要求將勤務兵帶在身邊，共軍營級指導員也勉強答應了這項要求。偵訊時父親還不時地給共軍幹部敬菸，然後讓勤務兵逐位點菸。明明是該接受對方的偵訊，父親卻打開話匣子和指導員談起戰術來，還批評人海戰術不足取，會失去民心，不利共產黨建立新中國等等。

共軍幹部聽得點頭，天色也漸沉，此時父親要求上茅房小解，並用眼神向他的勤務兵示意。共軍派了倆兵監視兩位尿尿的俘虜。其實哪有茅房，就是塊野地吧，還沒聽共兵指定在哪兒尿，兩人就拔腿飛奔，消失在夜幕中了。

共軍當時並沒有鄭重其事地追捕。其實在國共內戰時，雙方對戰俘的處理多採寬大，殺俘虐俘事件少見，這應是一種政戰手腕。一般俘虜通常在羈押期間必須接受政治洗腦，然後大都會被釋放。軍官羈押的時間較長，像柯叔叔就被押了一年之久。但以父親的暴躁個性，押一天都嫌久，不快跑，行嗎？

據母親的記憶，戰事吃緊時，她人在安徽蚌埠，因為父親所屬的軍部駐紮在此地。許多高階長官的夫人都知道有這麼一位年輕漂亮、還有著師範學歷的營長眷屬，結婚不久又有了身孕，有時也請她過來聚聚，並安慰她寬心。

隔幾日，更糟的消息來了，父親所屬的師，全師被圍。就在此時，父親狼狽地出現了。他在中途已得知全師被俘，包括他的師長和直屬團長。

見到丈夫歷險歸來，母親一時竟不知如何表達心情；這麼短的時間中，發生這麼多的事。而面對著新婚又有身孕的妻子，逃亡極度疲倦的父親也不知該如何說一些體貼的話。

此時父親突然望見房間角落有一大簍雞蛋，走過去取出一個，檢視一下，自言自語地說「壞了」，猛往牆上一丟，接著又拿起一個，「壞了」，再丟，如此一直重複著發洩……陪他一同逃出的勤務兵在一旁見了，鼓起勇氣上前勸阻，卻被父親一巴掌打趴在地。

母親在極度的惶恐中，撫著微微隆起的腹部，第一次領略到：她選擇了一位強悍不服輸的軍人，自然有她必須付出的代價。

父親沒有淪為戰俘，受到軍長的賞識，晉升中校副團長（團附）。母親在經歷一連串驚嚇後，決定去武漢娘家待產。父親沒有反對，還親自送母親到武漢。理由之一是，他不喜歡母親與其他軍眷太太們走得太近。父親這種高傲孤僻性格，直到我們子女進入中年後，才逐漸體會箇中原因。

小龍變小瓏

臨行前，父親給肚裡的孩子取了名字，叫「小龍」，因為父親自己的號是「現龍」。不知是誰建議父親取這號的，「福田現龍」，取得也妙！母親以小女子的語氣問：「你怎麼知道是個男的？」父親以大男人的霸氣回答：「我說他是個男的，他就會是個男的！」那個年代，根本沒有超音波掃描技術，因此在孩子還沒出生前，「小龍」這名字就已叫開了。最後，生出個女孩，就是姊姊惠宇。父親當時對他先前的鐵齒也不以為意，順口說道：「那還是叫她小瓏吧！」從此姊姊就從一條「小飛龍」變成「鐵獅玉玲瓏」，哈哈！關於父親類似的鐵齒事件，後來還有很多，容我慢慢道來。

姊姊出世後，和母親繼續住在武漢外祖父家。父親赴山東駐地前，雇了兩個傭人，幫忙照顧已經四代同堂的岳家。姊姊這時可謂是集三千寵愛於一身的小公主，因為她長得像父親，不是個頂美麗的女嬰，但是可愛活潑，連街坊鄰居都將她當個寶。其中有位鼎鼎大名的熊爺爺，辛亥革命時開第一槍的歷史英雄——熊炳坤，就最喜歡這個女嬰，說她是一個「音樂鬼」托生，因為小女娃一聽到音樂就手舞足蹈。

姊姊後來沒有成為音樂家，但在新聞界頗負盛名，還做過兩任國會議員，這跟當初熊炳坤老先生的加持或許有關吧。

就當姊姊在外公家享受著人生的第一年，國共和談正式破裂，雙方全面開戰，共軍已入東北，華北戰事迫在眉睫。父親部隊中，校級以上的軍官，大都帶著家眷，安置在部隊附近，以備危急時，可保全家安全。此舉也可見當時國軍士氣之低落，有首軍歌名為〈沒有國哪裡會有家〉，我看當時許多人心裡唱的恐怕是「沒有國不能沒有家」。

父親的長官曾暗示父親也應做同樣安排，把家眷接過來，父親未置可否。父親是個實際的人，他心想誰不關心與愛護自己的家小，但這種安置方式有用嗎？他本身有逃亡的經驗，部隊一旦潰散，自個兒都難顧，如何顧家眷？況且自己又是個帶兵官，將家眷帶在身邊，何以服眾？父親的分析不錯，後來事實證明，極大多數軍官撤退時，都未能將家眷帶至臺灣。

青島的日子

戰事吃緊，父親最後決定將妻小接到戰場的後方，而非在部隊附近，這是戰略性極高的做法。如此一來，部隊若潰散，他有充裕的時間去會合妻小，然後再做其他打算。在當時情況，戰場的後方就是青島。青島還有一個優點，父親的五叔經營著西藥生意（中美西藥房），可就近照顧母親與姊姊。父親這套安置家眷的方略在國共內戰中始終未變過，直到最後一回……容後再表。

主意拍定，父親派了兩個勤務兵往武漢，接了母親與姊姊到青島，租屋安定後，他剛好接到命令，可留在青島接應新兵與整補。於是一家三口及五爺爺一大家子，著實過了一段安定的日子，五爺爺和五奶奶將母親這位南方媳婦照顧得無微不至，知道母親吃不慣麵食，每天都準備米飯等南方吃食。五爺爺常利用空運西藥的機會，訂購南方時鮮的香蕉、荔枝之類的，給小公主吃。這類水果當時在山東是極希罕的。父親自己是長到二十多歲才吃過香蕉，第一回還連皮一齊吃下肚子。

父親和五爺爺常有機會深談至半夜，從這位長輩口中得知祖母在父親離家沒多久後，就精神失常了。她時常拿著父親的照片，自言自語地到處遊走，遇到人就問：「這明明是我兒子，他怎麼不說話呢？」沒多久就燈枯油盡，去世時才剛滿四十歲。

祖父的過世，說起來更有故事。在日本人佔領家鄉後，祖父被徵為鐵路工，他那大喇喇的個性一直未改，常會炫耀他有一位在外抗日的兒子。後來工頭派給他一項出苦力的工作，搬運鐵軌。旁人搶先替他推脫道：「這是年輕人的活兒，找他幹啥？」咱們的祖父這時來狠勁兒了，「搬就搬，怕什麼？」他不但去搬，還堅持要自己一人一次搬一根，幾天後就躺下了，再也沒起來過，去世時不滿四十五歲。據五爺爺說，祖父得的是腸穿孔，走得很痛苦。

山東老家昌邑，這時已在共產黨控制之下，父親念著唯一的妹妹、我的姑媽還留在老家。他派人將姑媽接到前線附近的小鎮相見，兄妹二人分別十年，妹妹已從女童變成母親。她哭著告訴父親，自己的丈夫也加入了國軍，但下落不明，央求父親找尋。父親當然答應，臨走還留下一些金子給姑媽。一年多後，父親打聽到，妹夫加入爆破隊，已在一次海水爆破任務中犧牲。八〇年代兩岸准許通信，父親得知姑媽後來改嫁至河南。一九八九年父母首次回大陸探親，在鄭州見到妹妹，竟訓斥她不該改嫁。老人家真的是「曾文正公家書」讀過頭了！

父親在青島的整備任務已接近尾聲，部隊待命隨時開赴前線，父親因時局大壞，變得沉默。父親心中的陰影直接影響著母親，五爺爺和家人都瞭解父親的個性，沒人浪費時間去說些安慰的話，家中安靜得讓人窒息。這時父親說話了：「大夥兒都別怕，我怎麼樣都要活著回來！」

突圍負傷

一九四七年七月初，父親的部隊開往山東金鄉，加入了國共內戰中著名的「羊山集之役」。

一九四七年六月底，共黨所謂的「劉鄧大軍」自黃河北岸戰船齊發，在山東西南部張科鎮到臨淄集一線，一舉突破了國軍的「黃河防線」。劉伯承採取「攻敵一點，吸其來援，啃其一邊，各個擊破」的戰法，直撲國軍總指揮王敬九部置的「長蛇陣」。國軍三個師迅速被分割、包圍、重創，剩餘部隊退至羊山集固守，包括父親所屬的一三〇團。一三〇團後來暫歸六十六師調遣。

羊山集一面依山，三面環水，國軍火力可控制羊山周圍一千米的距離，有利於固守和相互支援，易守難攻。但問題在於國軍已苦苦固守三天後，仍遲遲不見援軍。眼見彈藥吃緊，共軍又以人海戰術持續猛攻，父親（當時是副團長）和團長親赴師部請示機宜，師長未出面，由參謀長傳話：「師長已決意戰至最後一兵一卒，但貴團僅是暫歸我師節制，於情於理，不加勉強。」二人互望一眼，飛奔回團部。

回途中，團長問道：「現龍，真的要突圍嗎？突得出去嗎？將來怎麼交代？」父親胸有成竹地答道：「團長，一切看我的。」一到團部，一面下令全團準備突圍，分三股殺出；一面發電告知師部和遠在後方的軍部，「經與六十六師參謀長磋商後，我團已決定今夜突圍，以擾亂共軍之攻擊步驟，並適時打通全員守軍撤退之路。」並再三囑咐發報員，一定要確定軍部收到此電文。父親這時自忖，只要能活著回去，一切都好交代。

父親帶領著第一股大約三百餘人，要求大家，有便服的儘管換上便服，能帶的乾糧要帶足，在其餘二股的機槍掩護下，向南邊衝了出去。頓時已見遠處右翼共軍的火網朝自己方向撲來，父親疾呼「臥倒！」回頭看看掩護火力是否能有效牽制敵人的射擊。效果看似不錯，立刻疾呼「快跑！」一口氣又跑了一、二百米，正想著將來若有機會，要謝謝這批當時負責掩護的弟兄們，突然間感覺右肩被重重一擊，然後整個人打了兩轉，重倒在地上。

附近弟兄們趕來，看到父親滿肩的血，才知副團長「掛彩」了。父親抖擻了一下子，覺得還可以，直說「沒事，再跑！」大夥終於跑到敵人射程之外，醫官趕來檢視傷口，發現右半部肩上有一排三個小槍傷，左肩有一個銀圓般大小的洞口。檢查父親的肩骨，還是完整的，醫官恭喜副團長命大，並研判應該是三枚輕機槍子彈射穿了父親的後肩，沒有傷到體內器官與骨頭。

命算是撿回來了，但逃亡之路艱困。首要的問題是往南還是往北？往北可回青島的軍部老家，但路程太遠，而且也不確定共軍是否已切斷魯南與青島間的通路；往南可遇到安徽北部的國軍，且路程較近，但沿路湖泊河川交錯（宋代梁山泊聚義之處），不利於傷口，更糟的是父親還不會游泳。

最後決定往南走，好在身上有足夠的消炎粉。就這樣跋涉了兩天兩夜，終於遇見國軍部隊，住進野戰醫院治療。事後據報，六十六師並未困守至最後一兵一卒，但也相去不遠，最後是師長宋瑞珂帶著身邊僅存的警衛部隊投降。我後來從史料中得知，羊山集之役中，居然還有許多臺灣籍官兵參與。

野戰醫院是帳篷式的，設備極差，到處是蒼蠅及惡臭。父親瞥見不遠處的一位傷患，一面哼著京戲，一面低頭從小腿傷口中仔細地揀出不知名的東西，然後小心地收集在一邊。父親好奇，走近看個究竟，發現這老兄正在由自己像個小碗一般的傷口中，尋找小蛆！那位老兄說：「你看我這傷長得多好啊，都是這些蛆的功勞，我要分些蛆給旁人用。」父親聽了覺得噁心。但醫學有證實，蛆蟲確實有侵蝕腐肉的功能。但如果發炎的速度太快，傷口上放蛆當然是不會管用的。

困坐愁城

父親在野戰醫院躺了近一個月才復元，其間已發電至青島報平安。地區軍方高層希望他留在徐州戰區，但父親環顧情勢，決定「家庭團聚比個人前途重要」，堅持回青島原部隊。見到家人時已是一九四七年九月底，父親將外科醫官剪下的血衣交給母親保存。

此時，東北戰場失利的消息陸續傳來，父親研判，東北易幟只是時間的問題，華北的平津將會是共軍下一個目標。華中方面，已渡過黃河的劉鄧，如無法拿下整個山東半島，必定會另闢戰場，做渡過長江的準備，戰場可能會在徐州。

父親又想，為何國軍要緊守山東半島的沿海城市呢？它們遲早會被切離出國軍的主力範圍。他想明白了，因為這裡有幾個海港，這表示蔣介石先生有撤往臺灣的打算嗎？再看看吧。

回到青島，因為原隸屬的師部已打垮了，父親被安排在軍部當參謀。對於他帶兵突圍之舉，上級似乎沒有動作。而父親的個性又不適合參謀工作，勉為其難中，至少可時常回家看看老婆和女兒。這段期間，母親又再度懷孕，父親的直覺認為，重傷後讓母親懷孕，應該會是個女兒，因而取名「小琳」（取母親姓名黃璇琳的最後一個字）。人通常心情低落的時候，對任何事情都是悲觀的。

這期間，父親跟著開藥房的五叔學了些西藥方面的知識，日後父親治療我們家人急病時，還真派上了用場。那時盤尼西林這種抗生素才剛問市，被視為治病仙丹，病人拿著金子來買盤尼西林，這當然和那時的幣值崩盤有關。

有這麼一天，一撥憲兵進入中美西藥房，要盤查有無走私藥品。五爺爺急得立刻通知父親趕來，憲兵看到這樣一位年輕的中校參謀出現，馬上端起笑臉說「自己人，自己人」，然後揚長而去。五爺爺鬆了口氣，但父親知道麻煩已開始了。

果然沒多久，軍部參謀長由軍醫處長陪同，找上了父親。參謀長遞上菸後，開口了：「福田哪，現在軍部醫藥供給相當困難，好藥不夠，無效的藥又太多（這是重點）。我們瞭解令叔在西藥界人面廣、吃得開，可不可以經由令叔替咱們軍裡的醫藥供給匀一匀？」話說了半天，目的很簡單，就是要五爺爺幫著私賣軍藥。

父親的回答很簡單：「五叔和咱這一房早就分了家，這事兒你們直接找他就行。」之後父親立刻向五爺爺分析了利害，兩個重點：一、出事後可是會殺頭的，二、決不能把自己牽扯進去。五爺爺是個開通的人，「這種事兒，伸頭是一刀，縮頭也是一刀，你放心吧，沒你的事兒！」

一九八九年那次的探親，父母在青島見到風燭殘年的五爺爺，又重提此事。五爺爺說，他的確從那回「合作」之中，賺到一百多兩金子。但也因此，共產黨來後，他老人家差點丟了命，好在他懂得藥學，老共需要這種人才，但也無法避免最後財產全部充公的命運。三年後，訊息傳來臺灣，五爺爺於八十四歲過世。

一九四八年九月初，母親產下了第二胎，也就是我的大哥經宇。大哥是難產，接生婆束手無策，只好送往山東大學附設醫院急診。大哥出生的體重只有四磅多，放在父親的皮鞋中剛剛好。父親一見，意外的是個兒子，就把已取妥的小名「小琳」，改成了「小麟」（麒麟送子之意），父親對文字的反應還真敏捷。

從山東打到福建

甫獲麟兒的父親此時接到上級委任令，晉升為上校團長，即日赴徐州軍區九十六軍履任。母親也帶著姊姊與大哥從青島遷至安徽蚌埠。那時不足兩歲的姊姊穿著一套訂製的小軍服、小軍帽、小領巾，跟著團長老爸、團長夫人進進出出，好不威風。

這時徐蚌會戰（中共稱淮海戰役）的序幕已經展開，父親隸屬的九十六軍是馳援部隊。軍長于兆龍是父親抗日時期的老長官，二人對這次來到的超級大戰，都不看好，因為高層幾位兵團司令之間的內訌早已傳開。于軍長委派父親一項重要任務，帶兵沿著淝水固守。父親的團最後在此傷亡並不大。我長大後，問起徐蚌會戰的種種，父親一直無法多談，因為他自己聽到的、看到的，和各方對這場戰役的敘述和評價都不一致。後來證明，連軍史專家對徐蚌會戰的評論也是人言人殊。

徐蚌會戰，這場投入八十萬國軍，關係到國民黨生死存亡的決戰，結局已不是憑任何人的一己之力可以挽回的。但公允的看法是，事先既無作戰計劃，也無作戰準備，臨時決定將大軍向蚌埠、徐州集中，以為用堅強的工事與空軍優勢，就可與共軍決一死戰。殊不知，當時民心不可用，士氣也已然瓦解，大勢已去矣。

蚌埠撤守後，九十六軍以及其隸屬的第六兵團，沒有接到往東馳援徐州的指令。總指揮反而令他們撤離戰場，往南接受南京衛戍兵團的節制。父親的軍部駐紮在南京郊外，於是妻小又被接至南京，父親後來又將家室遷往上海，因為上海也是個港口。父親這時在想，層峰有意要保全他們九十六軍撤至臺灣？

在上海期間，戰火狼煙似乎並未影響到上海這個十里洋場，紅男綠女、車水馬龍，讓父親和母親開了眼界。家中用了兩個勤務兵、兩個老媽子（女傭），哥哥姊姊吃的用的都是進口貨。父母有閒暇時，就去聽京戲，馬連良和梅蘭芳的戲都聽過，或者逛逛上海最好的百貨公司，好在刻板保守的父親不會跳舞，否則被上海交際花拐了都難說。

當時大家心中都有數，這種好日子恐怕是沒有幾天了。末日樂園的景象，電影中所在多見。我想起一部好萊塢電影中的情節，當美英等聯軍已打到巴黎外圍，德國軍官和他們的法國情婦，還在酒店裡喝著白蘭地，跳著華爾滋。我想像這就是一九四九年上海的場景。

果然，長江與上海保衛戰接踵而來，一九四九年一月二十一日，蔣介石下野，李宗仁接任代總統後，開始向共產黨展開求和的動作，想達成兩黨隔江而治的目的，但雙方意見分歧，共軍渡江是勢在必行了。四月二十日共軍開始渡長江，四月二十三日南京就易幟了。

不到短短三日，保衛首都南京的五十五萬國軍全面潰敗，被共軍殲滅了二十多萬人，其餘二十萬人退守上海，另四萬多人散進閩浙一帶，國民黨在江淮地區只剩上海一座孤城。蔣介石將大軍集結上海，最主要目的是要保護上海中央銀行庫存黃金和重要物資，能安全地撤退至臺灣。軍隊運送反而是次要。事實上，最後只有五萬多部隊經江蘇崇明島抵達臺灣。

父親隸屬的九十六軍是奉命轉進閩浙的一支，參加了內戰尾聲的福州戰役。蔣介石先生很重視這一戰役，還特別從臺北親臨福州親自部署。九十六軍負責福州的正面防守，父親當時有個想法：「努力以赴，待部隊到臺灣後，個人軍中的前途還是大有可為。」下一個念頭就是趕緊與人在上海的母親聯繫，準備撤離上海。

父親如此的自我期許，在當時並不切實際，因為父親畢竟只是一名團長，軍長已南赴廈門，而師長的意志又搖擺不定，在節節敗退的大環境中，如何立功？整理出一番頭緒後，父親找上了同師的另一位團長（原本一個師有三個團，兵員不足，只能設兩個團了），告知他：「師長已無戰意，你若要和他一齊投敵，我沒意見。如果想去臺灣，撤守時，你先退往廈門，我掩護你。」這位團長選擇了後者，並問道：「家眷怎麼辦？」父親說：「各憑本事吧！」

父親打電報給上海的母親：「吾在榕，速來此。至廈亦可。」榕是福州的簡稱，廈指廈門。這時戰事已開打，十三天之間，閩中地區盡失，九十六軍副軍長與父親隸屬的師長都先後投敵。但這個師旗下的兩個團，在父親策劃及掩護下，安全退至廈門與軍部會合了。

9

萬里尋妻

按理說，父親立了一件大功，但軍長卻沒有太多表示，父親很難釋懷。又一直沒接到母親的回電，心中更是煩悶。此時軍部參謀長來做試探性的安慰：「于軍長此時心情不定，因為一個副座和一個師長投降了敵人，上級一定要議處，你先別急，就等著接副師長的缺吧！」「家眷接到了吧？船在這幾日就要開往臺灣了！」

這一問，驚醒夢中人！父親立刻回神：「也罷！什麼副師長、什麼前途，老婆丟了，其他都是假的。」父親和母親才結婚三年餘，卻驀然發現，沒有這個女人他活不下去。

回到團部，他給軍長寫了離職函：「于軍長兆龍鈞鑒：職追隨麾下有年，既無尺寸之功，多有乖違無狀，唯仰仗麾下殷切庇護，不次提攜，始成就職拳拳報國之志。福州之戰，任務達成，全師歸建，皆因麾下領導有方。職持家無方，致家眷失聯，憶家父遺訓『什麼都能丟，老婆孩子不能丟』，惶惶無以為繼。恕職不告而別，忠孝不能兩全，若能尋獲妻小，他日必犬馬相報。」

信交代給參謀送往軍部，父親開始整理行裝。參謀看了信也傻了眼，勸父親：「高團長您可三思而後行啊，您不怕將來會以逃亡論罪？況且您剛滿三十歲，未來升上將軍，還怕娶不到老婆？」父親回答：「多少將領都投敵了，我還怕他們治我逃亡罪不成？沒錯，我是在哪兒都能娶老婆，但娶不到現在這樣的老婆！」

從此九十六軍盛傳「高福田愛老婆，不愛江山」。因為就在幾年前，英國的愛德華王儲正被同樣的「為美人放棄江山」的話語嘲弄著。

一路乞討到上海

這時已是一九四九年八月底，父親隻身踏上了尋妻之路，目的地上海。讀者們，你們現在讀到的是一個真實的故事，不是電影情節。而我有幸成為這個說故事者。

那時幣制早已崩盤，父親上路時帶著一些銀圓和金子。便裝而行，沒帶武器，以免惹麻煩。路程並不陌生，因為兩個月前才邊打邊跑過這條路。那天是夜晚離開廈門，天才一亮，就發現被多人盯梢了。那夥人愈來愈靠近，父親停下，揚著聲向後喊：「大家都是出外人，犯不著這般鬼鬼祟祟，有話明說！」這是祖父當年教他的一套江湖話。

那幫人抄著福州口音說：「大哥，你身上帶著些什麼？怎麼這麼重啊？」父親想，好傢伙，連我身上帶的金銀都看出來了，正轉頭要看看動靜，才發現：身上的東西太重了，走過的泥土路面都顯示出他一步一步的痕跡。沒話說，全部都留下給了搶匪，最後只剩一件內衣，一條內褲，和一雙鞋子。趁著土匪們急著分贓，父親才逃之大吉。

財被劫，但保住了命。八月三伏熱天，一身輕衣還涼快些。但肚子還是會餓的，父親就偷拔沿途菜田中的果菜充饑，偶爾也有好心人施捨些剩飯廚餘。有次吃了一位大媽賞的餿飯，隔日瀉了一整天肚子。就這樣，從廈門走到了福州城外，想去城裡找一位當初防守福州時認識的山東老鄉（福州有條山東街，住的全是山東人）。正盤算時，又被共產黨民兵給攔下了。

父親早有心理準備，知道民兵的素質低，容易打動，便不慌不忙地扯起謊來，「我是×××，三野第×軍第×團的政治指導員，部隊打散了，正要想法子歸隊時，被土匪劫得什麼也沒剩，你們是怎麼負責治安的？我的集團軍部在上饒（江西南部城市），你們想個辦法把我送過去。」（父親知道上饒有火車站。）民兵被唬得半信半疑，不知如何處置，就將父親連同其他被拘留的人員，一起先關起來。

父親真巴不得被關，總算有飯可吃，還弄到一套破衣服，夜裡有茅草墊著睡覺。跟這些「同窗」閒聊，知道他們大部分是逃了又被抓回來的共軍新兵，這回要被送到更遙遠的地區去入伍，因為離家遠，這些人就不容易逃跑回家。父親此時認為，把自己混在這批人中就有希望。

第二天一早，民兵幹部來了，高聲問：「昨天有個名叫×××的，是×軍×團的指導員，人在哪裡？」沒人吭聲，再問時，有人說：「昨夜不是又跑了一些人嗎？」幹部聽了若有所思地點點頭，走了。父親鬆了口氣，看了一眼剛才回答幹部話的那個人。

原來人犯中，有一批是跑船的，正暗中商量如何逃至閩江邊，混進民船，可一路抵達南平，再往北走，抓兵的就少了。父親決定加入他們，最後真的上了一艘鹽船，規模不小，必要時可找到藏身角落。沿江到了各碼頭時，父親也幫著上下貨物。最後抵達南平下船，他還獲得了一些工資和乾糧。

從此地往北直走，穿過武夷山，就是江西地界。父親沿途還是靠著乞討與路邊菜田維生，偶爾也搭過便車。這是一條山區道路，又遠離沿海作戰地區，一路上沒遇到「臨檢」。進入江西，往東北方向又走了兩天，到了上饒市，見到鐵道，父親的勁兒就來了。因為他的山東家鄉村子，就在火車站的旁邊，他自幼就懂得坐霸王車的訣竅：如何開啟貨車車廂的倉門，如何跳上跳下，如何爬上車頂，如何混入客艙偷些食物等等。

趁夜黑，他在上饒站爬上了一節貨車廂，火車往東進入浙江，一路到了杭州，上海不就在望了？這一千五百公里的尋妻路程，沒有盤纏，沒有同伴，經常衣不蔽體，命在旦夕。到達目的地時，已是一九四九年九月下旬。整整走了一個月，這個人是一條硬漢，還是個瘋子？我想他兩者皆是。我曾多次正經問父親，你怎麼可能辦到？他總帶著回憶的神情說：「那時候年輕嘛！」年輕？每個人都年輕過，幾個人能辦得到呢？

人去樓空

一出上海火車站，父親直奔大方路（現已改為大方弄），那個當初安置母親與兄姊的地點。大聲叫門，沒人應，正著急時，房東出現了，用上海腔說：「唉呀！你現在才來，你老婆孩子回武漢去了！」父親整個人矇掉了。阿姨又說：「你老婆留下一個勤務兵，姓張的，剛出去了，你可以等他回來。」父親進了空空洞洞的屋裡，有一面鏡子，上前照了照，差點昏倒，這哪裡是英挺的高團長？簡直是個鬼。正要梳洗，勤務兵張世強回來了。

張世強是祖母娘家的一個遠房侄子，那一回父親在青島見過姑媽後，帶出來的。他跟著父親當勤務兵快兩年了。張世強一見到父親喜極而泣，直說：「表哥，表哥，你總算回來了……」父親回的可是重重一巴掌，「你混到哪兒去了？你表嫂怎麼會跑回了武漢？」張世強沒讀過幾天書，一時解釋不清楚。

事情經過是這樣的：母親接到父親那封「吾在榕」的電報時，不知是她誤解為「吾在蓉」，或是譯電員「榕」、「蓉」未分，問題出在，「蓉」恰好是四川成都的簡稱。母親又從報紙得知國民黨要固守重慶與成都，因此決定去成都找父親。當大夥都往沿海跑時，只有母親往相反方向走！

母親帶著兩個孩子及一個勤務兵，從上海坐船沿長江往成都，得知因為戰火的關係，船不開進四川。好在船會先停武漢，娘家在武漢，母親就很自然地決定，先回娘家吧。外祖父意外看到兩年未見的女兒和外孫女，以及還沒見過面的外孫小麟，高興得老淚縱橫。

父親在上海這一邊，發了電報給武漢報平安，變賣了所有不需要的東西，包括一把白朗寧手槍，帶著勤務兵張世強，前往武漢。上海到武漢又是一千五百公里，加上前段的一千五，正好三千公里，也就是一萬華里！稱父親的這段往事是「萬里尋妻」，絲毫不誇張！

10

蝸居武漢

當時的中國大陸，不只是幣制崩潰，戰爭導致物資缺乏，民生凋敝，大城市的情況更糟，在武漢常見饑民成群乞討。外祖父一大家子人，當時可用「食之者眾，生之者寡」來形容。他老人家抗日勝利後就退伍了，卻將大部分的退休金拿到四川山區買了一批果園，戰爭中果園早已不存，家中經濟相當窘困。來臺灣後，父親也有投資失利的紀錄，我每每譏笑他老人家時，他總會說：「我再怎麼拙於投資，也比你們外祖父當年強多了。」

母親在武漢安頓後，立刻想法子改善家中經濟。和弟妹們商議後，她變賣了些金子，買了一批童書，在家院中做起出租童書的生意。母親也去應徵過小學教職，但以她這樣的國民黨軍人家屬背景，是不可能被人雇用的。她沒辦法時，甚至還報名參加延安的抗日大學甄試，也得到了入學通知。要不是父親的電報及時到來，母親可能就已去延安接受共產黨的洗禮了。人的命運改變，經常就在一剎那間。

父親的過度強勢，令母親一輩子扮演著依順的角色。但從我長大後的觀察，只要父親缺席的場合，母親的幹練與見解就會發揮。但父親一出現，母親就成了含羞草，這種男強女弱的夫妻關係，在那個年代所在多有，今日正好相反了。

父親在武漢出現時，已是一九四九年的十月中旬。毛澤東在十月一日已於北京天安門正式宣告新中國的成立。父親鄭重宣佈，要將全家老小十數口一齊帶去臺灣，包括八十高齡的老祖母！老人家高興得不得了，「要去臺灣玩一玩囉！」外祖父母要父親別逗弄老人家，父親說：「我是真心要把每一個人都弄到臺灣去，否則我辛苦回來武漢幹嘛？你們別擔心，就聽我的。」

外祖父到底是保守之人，對父親說：「你們自己走吧！你待在這裡太危險，賭一賭是應該的！」父親此時沒話可說，因為這真的是一場賭命之旅，拉上老人們，太殘忍了！

父親回到武漢，街坊鄰居不可能不知道，轉眼間公安單位也知道了。國軍潰敗後的散兵游勇回到老家，那時候很普遍，但必須要接受公安的列管。列管之後，就有人會三不五時的來問些煩人的問題，也要接受監視。

父親認為有必要找個事兒做，做為暫時的掩護。有人出了點子，父親決定去河南信陽拉食油回湖北販賣。信陽在湖北與河南交界處，有火車通武漢，當地山區生產一種山茶油，比一般的食用油便宜很多。父親和勤務兵張世強來回拉了幾趟，家中又多了一項營生——賣食用油。後來據母親的回憶，這賣油的生意沒有賺頭，因為賒的多，買的少，比出租小書還不如。但這樣至少給父親出外透透氣的機會，否則人會悶壞的。

父親不拉油的時候，就跑到外面閒逛，打聽最新的情勢，計劃去臺灣的細節。開放探親後，我從美國回去武漢，據母親這一邊的五舅舅回憶，他那時才高中剛畢業，有回陪我父親閒逛，父親鄭重的給他一張手畫的地圖，圖中描繪的是，父親在山東突圍前掩埋了幾十支步槍和若干大洋的地點。五舅當時半信半疑的將地圖收起，後來當然也沒有去山東尋找過這個地點。

五舅的個性與父親大異其趣，但父親很欣賞這個內弟，因為五舅聰明好學，山東有「外甥隨舅」的說法，父親認為自己兒子未來也會跟這個舅舅一樣，會讀書。所以五舅考上武漢大學後，第一學期兩石米的學費，是父親替他繳的。

此時，長得聰明可愛的高小麟，給大夥兒鬱悶的日子，注入了很多歡愉，他成為外祖父生活的重心。旁人要抱抱親親大哥，須有外祖父的許可，如果想看看這個可愛的寶寶，可以去巷口那家照相館看，因為小麟的放大照就被放在櫥窗裡當廣告。外祖父認為大哥的漂亮與可愛，完全神似自己當年的英俊與瀟灑，常在街坊中炫耀說：「你們哪一個孩子比我的外孫漂亮，我送一兩金子。」

11

下一站，基隆

父親轉眼已在武漢待了快兩個月，一九四九年十一月底，西風颼涼，再不走就要入寒冬了。父親得知國軍在浙江舟山群島守得很緊，一時半刻還不會丟掉。該起程了，別等到共產黨愈來愈走上制度後，就寸步難行。

於是一行五人，包括張世強，在離別的淚水與刺骨寒風中登上長江輪船，母親永遠記得外祖父在船離開江邊時，嘶喊著他外孫的小名：「小麟，小麟……」

從武漢往舟山群島，父親選擇長江水路，往東先至鎮江，再經由江南運河向南至杭州，最後再搭乘汽車往東至鎮海，一個與舟山島遙遙相對的沿海小城，有渡船可至舟山的定海。

險中有險

愈靠近沿海，共產黨的控制當然就愈嚴密。在鎮江碼頭住店時，大批武警來執行夜間盤查，父親趕緊躲到床底下，讓張世強裝作是這家子的男人，逃過一關。父親常提起這驚險的一回，因為武警當時確實有用手電筒往床下搜查，居然沒有發現父親，母親和張世強覺得太不可思議，父親認為那是祖父母顯靈保佑了他。

從鎮江上了艘小船，沿運河往杭州，父親走過大江南北，但這是他頭一回走運河，有些新奇，不時地走出船艙與船家閒聊。母親不能理解，在這種關頭上，還有如此的閒情。她忘記了父親常用的一句格言，父親一生中都在說：「怕！怕就有用了嗎？」這句話的意義其實是，「別驚慌，靜觀事情如何變化，再決定如何處置。」父親一生中，真是把這句話發揮到了「知行合一」的境界。

到了杭州，共產黨的警戒更嚴，這裡不但近沿海，還接近蔣介石的老家——奉化。父親決定乾脆不住店以免被盤查，就在車站附近，和一些遊民與候車的旅客湊合，如此反而安全些。好在隨行帶了一個煤油爐，能煮些熱食及取暖。第二天一早搭汽車到了鎮海，這個碼頭小鎮的警戒之嚴，可想而知，因為國軍部署在舟山的陣地，到處肉眼可見。

所謂「必有非常之變，然後有非常之謀」，父親在鎮海車站附近，離公安單位不遠之處，找了家店住下。這也是父親在實踐著「愈危險的地方就愈安全」的道理。住店需要登記，他就自稱是藥商，還順便問櫃檯是否跟公安熟識，可能有借用之處。意思是，就怕你不去向公安報告。

果然不出所料，所有船隻出海都必須有出海許可，就是說，有錢也雇不到船，何況父親身上已山窮水盡。平日用度就靠母親身邊的一些碎金片子，那可是把所剩金飾一點一點剝離下來的。

幾日都一籌莫展，公安武警沒來敲過房門。「那表示他們真的認為我是藥商了？好吧，乾脆將計就計。」第二天，父親自己走進了公安局，見了一位領導，扯出了以下完整的一套：一個來自武漢的西藥商人，得知鎮海一帶有許多國民黨留下的西藥已流入黑市，想弄些帶去武漢，賣給內地的病人，並請公安單位予以協助。這一套自然只是個餌，等魚上鈎。

公安老兄信以為真的為父親去打聽，每天還來回報，勸父親別著急。兩人熟識起來後，還常聊天。父親不時地賣弄一下他臨時惡補來的馬列主義，也指出了毛澤東建立新中國策略中的不當之處。公安老兄也回以自己的看法，二人變得相見恨晚，似乎一腔熱血，都是為了新中國的未來。這位公安自然更是義不容辭地幫忙弄藥了。

又過了幾日，父親實在熬不住，覺得該收餌了，就告訴公安老兄：「如果鎮海找不到藥品，我還有一條路子，這條路子說容易也容易，說難也難。容易的是，藥一定弄得到，困難的是，藥在舟山，還得坐船去拿。」公安老兄考慮了一會兒，慎重其事地交代父親道：「此事可誰也不能知道，明天一早碼頭見，我送你上船，別忘了要打點一下船夫。」

可鬆口氣了？且慢，還沒完！正要上船的那刻，船家堅持他們的船不載女人，因為載女人不吉利。公安老兄似乎也表示尊重船家決定，父親把他拉到一邊，一個字一個字的說：「你聽好，那頭的聯絡人是我的岳父，他若見不著他女兒，會給咱們藥嗎？」「咱們」這兩個字，用得親切。最後搞定了上船，條件是母親不能在船上尿尿！

鐵英兄的出現

個把小時的船程，就望見舟山的定海碼頭了，父親立刻換上國軍的軍服，他注意看船家及其他乘客的臉色，卻沒發現什麼異樣，下船時也沒被索取船費。上了碼頭，以為會遭到國軍的盤查或刁難，也沒有發生。本來興奮著的父親，心裡開始狐疑。

進了舟山最大的定海鎮，見到滿坑滿谷的軍人，好不容易找到一間旅店住下，隔日開始打聽。不久就發現，事態比想像中的複雜許多。整個舟山群島當時駐紮著十二萬多的官兵及政府人員，蔣介石把這裡視為反攻復國的前哨，但民心不穩，人人自危，有辦法的都想早點去臺灣，那時往基隆的輪船已喊出一個人五兩黃金的價碼。

一個人五兩黃金？那時就是五錢黃金，父親也拿不出來。父親心想：自己既不是有單位的軍人，也不是政府人員，又不是當地居民，就算將來實施有計劃的撤退，怎麼輪也輪不到自己和家眷。心情跌到谷底的父親這日又去碼頭看看動靜，探探風聲，忽地聽到有人在背後喊他的名字，一種北方人雄厚的嗓音。回頭一瞧，「王鐵英？」

這人真是王鐵英，我們自幼親切稱呼的「王伯伯」，河南人，是父親在抗日初期學兵連的同學。當時他倆都是十八、九歲的大男孩，據說兩人還大打出手過。結業後各奔前程，王伯伯加入了情報特務系統，做過戴笠的手下。十二、三年不見，他竟在人群中認出了父親！

父親將自己多年的生活變化及眼下的處境，一五一十地告訴了這位老同學，他可能是當下唯一的指望了。王伯伯二話沒說，直截了當地拍著胸脯說：「包在我身上了！你住哪兒？明天我去找你。」分手前還遞給父親一包菸。好些日子沒抽菸了，父親想起在杭州時，熬不住菸癮，還曾誆了小販攤的一包菸。我曾追問父親怎麼誆法，很簡單：先要求試一隻菸，抽一口後，硬說菸發霉了，不給錢，整包拿走。這肯定是父親從土丘八（土丘八者，兵也）們那兒學來的技倆。

王伯伯第二天如約抵達，見過母親，打了招呼，抱抱孩子後，從懷裡掏出五張蓋有警備關防的赴臺許可，然後說：「過兩日就有船去基隆，到時我來送你們。」臨去時還留下一些銀圓。我想像這幕情景時，有一種想拍電影的衝動。王伯伯身高一八幾，說話鏗鏘有聲，一生未婚，到臺灣後，時常來家中與父親對酌，俗氣的說一句閒話，過年時他給的壓歲錢總是最豐厚的。

父母親一行五人，不對，應該是六人，母親這時又懷上了，乘坐的輪船規模不大，無設備可言，廁所還沒有門，喝水都要花錢買，一碗米飯索價一個大銀圓。母親暈船兼害喜，吐到連膽汁都出來。小瓏和小麟喊餓，父親買了一碗飯，看著母親餵著孩子，他自己畢竟是討過飯的，可以忍受幾天不吃飯的饑餓。

身邊可愛的幼年孩子，還由漂亮的媽媽帶著，也會有意想不到的實惠。當全家在船上和饑餓奮鬥之際，走過來一位手姿綽約、穿著尊貴的婦人，笑咪咪地迎向小麟，直說：「真可愛，長得和媽媽一樣好。」婦人打量著母親，關切地問：「您正害喜吧？」母親很領情地點點頭。自稱是沈太太的這位婦人，向遠處一位手提著物品、類似僕人的男子點了點頭。男子送過來許多糕餅吃食及一些止吐的藥物，她說：「吃完了我們還有。」

父親後來在船上打聽出，這位沈太太就是戴笠下面的第一把手沈之岳先生的妻子——邱達鎮女士。沈之岳是我在臺灣成長時期的國府調查局局長，抗戰期間在毛澤東身邊做秘書，潛伏七年，個人傳奇事蹟在近代史上紀錄了很多。

船進入基隆港時，母親帶著倆孩子向沈太太鞠躬致謝，父親卻找了個藉口沒有出現，大男人的自尊心使然吧？父親的大男人沙文主義表現在外時，就是：「寧向窮人要飯，不向富人伸手」，或者「寧可一個人去要飯，絕不帶一家子乞討」。

前功盡棄？

突然有件天大的難題擺在父親眼前，讓他幾乎要跳海！什麼事如此嚴重？原來，除了身著軍服的父親本人外，其餘四個人不准下船，因為都沒有「入臺證」！

但天下事永遠會有「戲劇性的變化」！

母親懊惱埋怨道：「剛才讓那位沈太太知道這件事就好了！她一定有辦法將我們弄下船去。但你就是一付不耐煩與她打交道的樣子。」父親無言以對，皺著眉頭想辦法。他最終打起精神，帶有一些自責地告訴母親：「我會先出去，盡快把你們保出來，如果你們非得被遣返舟山，下了船就去找王鐵英。你們現在是無證的人犯，舟山如果拘留你們，也會管你們三餐的！」

父親下了船，馬上走進基隆要塞司令部的港務單位，知道因為天候的關係，那艘船一時不會回航舟山，港務人員告訴父親，只要能找到少將級以上的保證人，下船問題就不大。父親立刻想到了母親的堂兄黃行鈞先生。

黃行鈞是母親的遠房堂兄，但自幼接受過我們外祖父的培植，母親稱他為二哥。他是黃埔八期畢業，資歷上比父親早了十期，父親在上海第一次見舅舅時，舅舅已經是少將財務處長。舅舅為人風趣，懂得享受生活，也很有女性緣。他家中雖有一房妻子，也已生兒育女，但在十里洋場又遇到一位丰姿綽約的費女士，再結連理。舅舅後來在洛杉磯女兒處過世的，享壽九十有八，此書的後半部會有多處提到這位我們永遠銘記的長輩。

話說回頭，父親當時把希望放在舅舅身上，立刻用母親的名義登報尋找哥哥，然後每天去港務局等候消息。登報後第三天，舅舅一位朋友的女兒看到了啟事，第四天舅舅和父親就見了面，當時的基隆要塞司令正是舅舅在黃埔的同學，一通電話，母親他們的入臺證即核准了，一家人踏上了臺灣的土地。下次再回到大陸故土已是四十年之後。

四十年，我們的人生有幾個四十年？孰令致之？不問也罷！

後半生

家庭為重　簞食瓢飲　終不改其性

12

喪女之痛

大陸淪陷，國民黨將兩百五十萬軍民撤往臺灣，從人類遷徙的角度看，應該是近代史上的一項壯舉。播遷來臺人士之中，大部分是隨同原政府單位撤離的軍人、公務員或學生，小部分是有政治警覺的商人、地主、地方士紳，和國民黨黨工等。其中大部分人應該都有些經濟基礎，至少都負擔得起昂貴的船票。像我父母親這樣一貧如洗的抵達寶島，而又無單位可依靠的赤貧，應該是極少數。

當時身居少將的舅舅，月薪只有兩百元臺幣，他在基隆港接到父母一家五口後，拿出了身上僅有的幾十元，幫著安置了一個家。這個家在基隆仙洞的半山腰，一間茅草屋，泥土地，木釘床板，月租五元。父母從大陸帶來的一個樟木箱子，就是飯桌，一只跟著飄洋過海的煤油爐，讓家中有了炊煙，每天吃著一毛錢一斤的包心菜，哥哥姊姊日後飯桌上的夢魘就是這包心菜。

這般日子，對母親的衝擊很大，在她二十七年的歲月中，從大小姐、少奶奶突然變成一貧如洗，肚裡還懷著個孩子，每天只能淚水往肚裡吞。她後來跟我們回憶起初抵基隆的苦日子時，特別記得頭一回到河邊洗衣，學著本省歐巴桑在石頭上用勁搓衣服時，右手指上的皮立刻脫了一層。從未穿過木屐的她，一穿就磨破腳。偶爾向父親抱怨無法適應，對生活一籌莫展的父親聽著心煩，常暴跳如雷對母親吼叫。真可謂「貧賤夫妻百事哀」。

這一日，父親脾氣又發作，打了幾年來一路跟著他的表弟張世強，張摀著面頰跑出去，就再也沒回來。一直到我八、九歲，一個過年的日子，他帶著老婆來家中拜年，坐了一會兒就走了。客人離去後，我問父親這兩人是誰，父親陷入一陣沉思。

當時家中時常斷糧，沒錢用時，父親會去做點零工，有時也投稿賺點稿費。心情極度低潮時，就拿著漱口缸去雜貨店打三毛錢的太白酒（一種劣質米酒）麻醉自己。母親當時聽鄰居說，有個外省籍的家庭需要幫傭，她瞞著父親去應徵。這家人有著紅色大門和院牆，母親鼓足勇氣按了門鈴，開門的太太注意到她隆起的腹部，正要開口，母親竟拔腿跑走。我察覺到，母親見到有錢有勢的外省人，就會有種無形的自卑，不知是否因為此事。

看不到盡頭的窮困，容易讓人失去自信，連一向剛強的父親也不能例外。有一次收到稿費後，決意去澎湖找老軍長于兆龍幫忙，看看能否恢復軍職。父親在基隆上了火車先去高雄，當火車慢慢駛離月臺時，他竟一躍跳下車，摔得不輕。父親的這一躍，與母親之前的一跑，似乎為他們未來的日子定了調。那就是不要主動去求人，靠自己用盡辦法辛苦地賺生活費。自尊與自卑在這時很難分野，因為它們出於一源——貧窮。

我不是教徒，但很感念基督教會曾經給父母和兄姊的協助。抵臺灣不久，父母親和許多當時一樣剛來自大陸的貧苦人士，因為饑寒加入了教會，不但全家例行參加禮拜聚會，也在大海中受了洗，每人都領了聖名。教會執事甚至替父親找到一個基隆肥料廠的文書工作，有能養活一家人的薪水和配給，姊姊還可就讀廠裡免費的幼稚園。幼稚園老師認為高小瓏這個名字太不正式，就給了姊姊一個聖名——高多加。這個名字一直用到後來政府統一戶籍，要申報戶口時，高多加才變為高惠宇；高小麟也變為高經宇。

生活稍稍安定，第三胎也在肥料廠的附設醫院出世，那是一九五〇年的八月份，對岸的共產黨叫囂著要血洗臺灣。父親見是個女娃，就取名高小琪，這一次，無人有心情在嬰兒出生前去猜測是男是女了。窮困中出生的孩子最可憐，他們帶來的不是希望與歡欣，而是令人皺眉的負擔。

多年後母親回憶，我這個姊姊高小琪，小臉蛋，皮膚白皙，可能知道出生在貧困家庭，而且不受歡迎，極少哭鬧。母親懷她時沒有營養品，這位小娃體質羸弱，到七個月時還不會坐，八個月還不會爬行，九個月不會叫姆媽。姊姊高多加沒事會背著妹妹，牽著高小麟，去鄰居串門子。鄰居中有個獨身伯伯，不時的會煮個紅燒肥肉給自己加菜，高多加一行三人的聞香隊，成了這位伯伯的常客。伯伯給高家三個孩童加了些營養，但也把自己的肺癆傳給了體弱的高小琪。

那一夜，高小琪發著高燒，急喘中帶著濃痰，而且不時翻著白眼。抱去診所，醫生說是急性肺炎，需要立即服用抗生素，但診所中沒有此種藥物，就是有，父親也付不起，當時土霉素的價格是六顆兩百元，可買二兩金子了。母親急了，向賣菜的老闆借了幾十元，交給父親去買藥，父親無神的眼睛告訴母親：「這些錢不夠買藥，就是夠，半夜裡去哪兒找這種藥？」

當天下半夜，高小琪的呼吸愈來愈弱，呼與吸的間隔也愈來愈長，母親只能跪在床邊十指緊扣著禱告。父親緊皺眉頭，猛吸著菸，望見沉睡中的老大高多加與老二高小麟，突地站起身：「家裡不能再接受死神的玩弄了。」起身用被褥裹抱住女嬰，母親急問：「你要幹什麼？」父親說：「這孩子已過去了。」

在母親無助的淚水中，看著父親抱著他們的二女兒在黑暗中往後山上走。父親自己也不清楚走了多久，停到懸崖邊，望著漆黑的大海，將不知是否已斷氣的孩子拋入了海中。

長大後聽著敘述，我們都心痛，但也無法判定父親當時的抉擇是錯的，貧窮家庭裡發生的悲劇，無法理性判定對錯。我只能說，如果「適者生存」是自然法則，我後來通過了考驗，姊姊高小琪則沒有，因為她如果存活下來，可能就沒有我的出世了。

13

苦力生涯的啟示：省吃儉用

時序是一九五一年六月，父親在肥料工廠做了一年有餘的文書工作。這是一份可養家活口的工作，尤其後來肥料廠併入經濟部，成為大家擠破頭想進去的國營事業單位。父親當時畢竟太年輕氣盛，無法壓抑滿懷的憤世嫉俗，回家後大聲發牢騷、摔東西是家常便飯。母親非常能理解父親的心情，從一位英姿勃發的年輕團長，變成一個聽命於人的肥料廠小文書，的確難以適應。而且父親丟下軍隊升遷機會，回「匪區」將妻小接出來，是她對父親一生的虧欠。在我記憶中，不論父親發多大的脾氣，多無理的吼叫，母親總是默默忍受。母親說過，父親即使過得再困頓，也從未說過「當初要不是因為妳」等等抱怨的話。

這一日，父親提早下班，母親知道壞事發生了，父親說：「我今天掀了那小子的桌子，不幹了！」然後猛灌自己帶回來的太白酒，倒頭而睡。母親看著酣睡的丈夫，無奈地摸著自己的小腹，就在幾天前，母親發現她又懷孕了，卻還來不及告訴父親，父親就失業了！

喪女的悲傷仍在，肚裡又有了生命，丈夫卻剛失業。外祖父從香港轉來的信中，告訴武漢家裡已斷炊，需要經濟接濟。不只如此，母親已感覺到自己的丈夫和鄰居的一位少婦可能有了曖昧關係。才二十八歲，已吃盡苦難的黃璇琳女士，在在扮演著小說和電影中賺人眼淚的角色。

失業的父親，照樣喝太白酒，抽香蕉牌香菸（一種最便宜的菸），偶爾還會過去跟鄰居少婦哈啦一番。母親好奇，問他：「你不會說臺灣話，怎會跟別人閒扯這麼久？」父親惱羞成怒，將手中的一牙缸向母親甩去，正好砸在母親的手臂上。這是父親一生中唯一的一次向母親動粗。

家庭斷炊，父親也不以為意，整日喝酒睡大覺，一個真正坐困愁城的家庭。一日郵差叫門，帶來掛號信，信中還附有一張一百元的匯票，對寄件人，父親當時只覺得名字有些許印象，但不確定是同學、同袍或是曾經的屬下。父親日後的說法是：「當你什麼都沒有時，老天爺就會出現了。」我事後分析，父親困頓時之所以對生活那麼想得開，恐怕是因與鄰居少婦間的愛情有關。原來，男人不只在得意時有婚外情，失意時的婚外情可能更有對現實生活的麻醉效果。命理學家有所謂「走完桃花運，就上饑荒山」的說法，這句話可能多少應驗在我父親身上。

一百元能撐多久？眼見又要開始向別人賒欠時，父親軍校同學龍彬出現了。龍伯伯那時已在省樟腦局有個工作，妻子也找到教職，他向父親說：「走！跟我到臺北去，那兒人面多，再怎麼也能找個像樣的工作。」於是父母打整了兩個箱子，全家遷往臺北，暫住進了龍伯伯在杭州南路的日據時代榻榻米宿舍。

龍伯伯和龍媽媽找了許多軍校老同學來喝酒聚會，包括後來一直受我們敬重的喬介學伯伯。大哥感覺是上了天堂。姊姊那時不到五歲，有一次偎在母親的懷中嘆口氣說：「媽，我們以後再也不會受苦了！」母親聽了四歲女兒這樣的由衷之言，熱淚盈眶。但這種生活只能是暫時性的，因為龍家自己就要負擔著三代六口人的花銷。

同學聚會中，有一位叫王浩的單身漢，瞭解父親的個性，告訴父親他住在臺北松山的一棟老樓，房租很便宜，而且附近有間皮革工廠，正在大量雇人。一家人就搬去了松山，和王浩及另一位單身漢合租了一處位於三樓的住所。這是我們高家奮鬥史中所謂的「三樓時代」，前面的一段則稱為「基隆時代」。

住處附近是有一間皮革廠沒錯，需要人手也沒錯，但他們主要想找的是搬運牛皮的粗工。招工的看見父親個頭大，就用生硬的臺灣國語問父親：「一天十塊錢，做不做？」父親立刻答應去上工。

牛皮又重又厚又有彈性，父親從捆綁開始學，再學如何扛，如何扛著走。做得不對時，工頭會來一句「幹你娘」，有時做得不錯，也會被來句「幹你娘」，父親瞭解了，這是句本省人的口頭禪，跟山東人的「肏你娘」是同一回事，聽了不必動怒。

幹粗活，出的力多，吃得也就多，中午吃碗陽春麵加兩個饅頭，就要一塊五。母親要給他準備便當，父親堅持不要，他認為便當是日本人留下的玩意兒，他一輩子拒絕吃便當，日後他找到警察工作，出差時發放的便當他也從不碰。而且他從不說「便當」二字，總是說「飯盒」。母親為了解決父親不肯帶飯盒問題，從不吃麵食的她，硬是學會了做山東饅頭，每天讓父親塞幾個在口袋，節省了每日外食的費用，也令父親高興自己的南方妻子願意學做北方食物。

幹扛牛皮的粗活，除了吃得多，衣物鞋子的消耗也很大。同學兼鄰居的王浩，告訴父親，美軍協防司令部把韓戰報廢的軍用物資免費發放，包括許多軍衣和軍鞋。一提起美軍物資，父親就感慨萬千，想當初在湖南芷江機場，他曾發放了多少美軍物資給別人，如今他自己卻要接收美軍剩餘物品。但仍要打起精神，去了堆放衣物的地點。一路上想起「秦瓊賣馬」（唐代名將秦瓊時運不濟向人低頭的故事）中的一段詞：「唉呀呀！真是一毛錢逼死英雄好漢哪！」

從此以後，父親的生活字典中多了個永久的辭彙——節儉度日，把以往在大陸當軍人時一擲千金的風光統統放在腦後。小時候，外省親朋聚會的場合，大夥兒喜歡緬懷過去在大陸的好日子，我注意到父親從不參與此類討論，套句東北人的話：「別盡整些沒用的！」父親從此在市區內的交通全靠雙腳走，一趟就省了三毛公車票，積少成多就買了輛腳踏車。早上出門看見燒餅油條和鹹豆漿，想吃，想想算了，又省下了一塊。

母親生產二哥的日子近了，接洽了附近的一位助產士。臨盆那晚風強雨大，母親有陣痛的感覺，要父親準備召助產士來，父親以有經驗的口吻說：「水還沒破呢，不急！」她隱約猜到父親的心思：能自己接生的話，就自己接生，省了助產士的花費。於是母親以前面的生產經驗，鎮靜地告訴父親，胎兒的動靜和陣痛的過程目前很正常，如果自己接生應該有哪些步驟。

父親握住母親的手，和她閒話大陸時期的許多往事，盡量讓產婦放鬆。下半夜，破水了，陣痛加劇，胎兒漸漸移向骨盆，母親交代父親燒一壺開水，將剪刀消毒。母親順著胎兒下移的情況適時自己用力，心想，這孩子將來應是最會疼惜母親的。父親看見了胎兒的頭髮，喊著要母親用力，胎兒出來，是個小小子。他是我二哥高綸宇，小名駒駒。日後他的確是我們三兄弟中最聽話、最安靜、ＥＱ也最高的。

天一亮，突然炮竹聲四起，父親才知道這一天正是農曆元月初九——玉皇大帝的生日，自己接生的二兒子居然與玉皇大帝同一天生日。更巧的是，六十年後，二哥的長外孫偉晟也在這日出世。

14

為副總統守家護院

首先要聲明的是，「守家護院」一詞，是父親多年來形容自己工作性質的一種無奈用語，他為了要啟發子女積極向上，不惜在日常話語中故意貶低自己的職業。

我小時候，有位同學說自己的爸爸是商人，結果發現他是賣米粉湯的兒子，也有位同學說自己的爸爸是做饅頭的，他爸爸果然在街上叫賣饅頭。前者後來接了他爸爸的米粉攤子，後者成了外科權威。我以為在民國四、五十年那個年代，一個父親只要把子女養大成人，就是個好父親，不管他是幹什麼維生的。家庭教育的要素不止一端，其中最重要的一環是教子女不崇尚虛榮。

那些扛牛皮的辛苦時光，讓父親懊悔當時為何輕易地將肥料廠的文書工作丟棄。遷來臺北五、六個月了，父親找工作一事毫無進展。但聯絡上了一位家鄉遠房的叔叔高友三，依山東規矩，父親要我們都叫高友三為大爺爺。大爺爺在大陸老家時做過鄉長，算是國民黨在農村基層中的活躍分子。國共內戰時，不但雙方軍隊之間有戰爭，農村裡也分成兩派相互狠鬥。聽說高友三大爺爺殺了不少共黨分子，因此才來到臺灣。他勸父親和他一起從商，開個小館子什麼的，但父親猶豫不決，那位大爺爺最後自己開了間小館子。殊不知要父親從商，就像要我當藝術家一樣，有先天性的困難。

這期間，有一日龍媽媽（龍彬伯伯的妻子，胡秀珍女士）召集了一個有關湖南武岡師範的小聚會。龍媽媽本人不是武岡師範畢業的，但她先生龍伯伯讀軍校時，她跟著在武岡教書。聚會中另有一位後期武岡師範畢業的繆玉琴女士，因為也是湖北人，和母親一見如故，相談甚歡。她得知父母親兩口子當時都失業，還有三個嗷嗷待哺的子女，回家後立刻相請她的少將老公甘建明先生幫忙。這位甘伯伯沒多久，就幫父親在臺灣省警務處（後來升格為警政署）的警官第二大隊找到了一個組員的位置。

母親得到消息，還不敢立刻告訴父親。父親自幼對警察就沒有好印象，因為那些早期在青島所謂的巡警，真的是惡形惡狀。母親當時也搞不清楚這個職務的實在情況，只說這和一般警察不同，不必穿制服，職等相當於一個警官等等。

父親半信半疑的去見了單位主管，瞭解到警官第二隊的任務是負責副總統的安全勤務，當時的副總統是陳誠先生，警官第一隊則是負責總統蔣介石的安全。每個組員都是警官的編制，以父親的軍中資歷，可從兩毛一（兩槓一星）幹起。（按：一般基層警察從一毛二幹起，就是一槓二星，到了一槓四星才算為警官。到我上初中時，父親已升為兩毛三。）

這種警官勤務分為內勤與外勤兩種，內勤就像公務員，朝九晚五坐辦公桌，外勤則要在定點值班，一班兩小時，工作時數少，但要經常排班值勤。父親毫不思索地要求內勤，因為他想起當團長時，有一個警衛排為他執行安全勤務。最讓父親動心的是，這個職務一年至少有六個月的年終獎金，他的想法是，平常可以節省，過年時家裡應該要寬裕些。最後，父親答應了接下這警官的工作，而且一幹就是二十六年，直到五十九歲提前退休。

父親當時的辦公地址是臺北市公園路九號，離現在臺大醫院捷運站不遠，我永遠記得那厚實斑駁的巴伐利亞式院牆（現已列為古蹟保護），正對面就是二二八公園（以前稱新公園）的入口。我赴美留學及就業後，每次回臺灣度假，都會去瞻仰公園路九號這個方位，很感激總統府、臺北賓館、二二八公園的挺立，讓我五十多年的回憶，沒有受到太多的干擾。

15

又有了，留或不留

一九五二年七月，二哥五個月大時，父親告別了「扛牛皮歲月」，加入了警官第二隊，職務為人事室的組員，官階兩毛一，薦任十級，月薪兩百八十五元。公家配給他一部腳踏車，兩套黑色的中山裝，一把制式九零半自動手槍，正式成為保護副總統安全的幹部。

父親多年失聯的好友劉隆岐劉伯伯，有一天出現在松山的侷促三樓。之前父親已略知劉伯伯的部隊曾撤退至越南富國島，但卻不知他後來又被遣往香港調景嶺，最近才來到臺灣，並已在國民黨中央黨部覓得一個職務。兩個老朋友多年沒見，又像以往一般，入夜暢談到拂曉。我從小的印象是，父親有了任何困擾問題，只要和劉伯伯談一夜，就有了主心骨。

劉伯伯從此成了家中的常客，不久後攜新婚妻子劉珮君女士，來與父母親見面。母親見了劉女士，驚為天人，她的雍容華貴讓母親有些自慚形穢。事後，母親好奇地問劉女士的身世，父親知道的也有限，只說：「妳還沒見過隆岐前面的兩位老婆哩，比這位更漂亮！」我幼年的印象是，劉伯伯身量不高，屬於溫文儒雅型男士，寫得一手好毛筆字。

日子平靜過去，姊姊惠宇成了興雅國小一年級的新生，回家後常將在學校學的課業與遊戲，和兩位弟弟分享。其中有一課講的是，一條狗含著骨頭過獨木橋，看到自己在水中的影子，以為是別的狗含著骨頭，就開口大叫，結果骨頭掉入水中。比姊姊小一歲多的大哥，很快的就學會了這一課，馬上講給父母親聽，父親聽了樂得大笑，直誇這孩子聰明。

有回姊弟倆玩捉迷藏遊戲，姊姊用帽子蓋住臉找她弟弟，結果狡黠的弟弟躲在二樓，姊姊就跟著他的聲音找，可能是方向感不好，結果順著樓梯滾落到二樓，頭額正中央跌破出血，日後結成消不掉的疤痕，形狀就跟臺灣島一模一樣。

一九五三年底，韓戰剛結束，美軍顧問團進駐臺灣，撤退的民心漸為安定，幸運之神也再度眷顧我們家，劉隆岐伯伯替母親在公館的銘傳國小找到一個教員的職位。母親從一九五四年二月開始在銘傳國小任教，至六十歲退休。我們四個子女和後來陸續出生的幾位孫子女們，也都就讀了銘傳國小。為了讓母親通勤方便，高家告別了所謂的「三樓時代」，從松山搬到羅斯福路附近水源路底的新店溪邊，進入了我們高家所謂的「河邊時代」。

新搬遷的地區在當時臺北自來水廠附近，所以又稱「水源地」，諷刺的是「水源地」的居民，沒有一戶可享受到自來水，因為那是一處中低收入戶聚集的違章建築群，那時的臺北市到處可見相類似的聚落。這些大陸遷臺外省人的違章聚落中，後來出了很多名人。包括電視節目《龍兄虎弟》主持人張菲、費玉清兄弟，及他們的姊姊「恆述法師」，都是我們當時的鄰居。

我們當時住的違章是兩房一廳，還有一個小小院子，臨時搭了一個半開放式的空間，權充廚房，關鍵是沒有自己的廁所，而且附近也沒有公廁設備。問題來了，水源地並不是荒郊野外，每天的「大小方便」問題怎麼解決？在這裡出生的我，還記得我自己是怎麼解決問題的：拿兩張母親從學校帶回的廢考卷紙，鋪在院子的地上，大號解決了，就高喊：「擦屁股囉！」母親、姊姊或是二哥輪流來替我清屁股。當時也沒有衛生紙，還是利用考卷紙，往局部用力一抹，那硬紙常讓我痛得直哼叫，姊姊丟下一句：「你不會學著自己擦？」印象中，二哥比較仔細，有時他覺得擦不乾淨，還會幫我洗一洗。

說一下我出生前一年的一件事。劉伯伯夫婦結婚快三年了，劉珮君女士的肚子還是沒動靜，他倆年紀都已不輕，因此想去抱養一個孩子。我二哥兩歲多，正是可愛的時候，被劉伯伯夫婦相中。父親拍著胸脯說沒問題，讓二哥跟著劉氏夫婦回去先試試同住，行了就留下，不行再送回來。不到一星期，劉女士將二哥送回來了，「這孩子很乖，很聽話，只是夜裡不肯自己睡，要跟我們睡一起，我實在不習慣啊！」這件事就這樣算了。

一九五四年底，母親又懷孕了，腹中的胎兒，正是在下我高治宇。母親苦惱得要命，直說明明裝了避孕環，怎麼又懷上胎了呢？想到剛任教職沒幾個月，正開始學習那些注音符號、風琴伴奏、製作教案等等，現在懷孕真不是時候。因此決定把胎兒拿掉，去了當時公館一間頗負盛名的婦產科，並預約了時間。因為法律及費用的關係，必須和父親商量，父親當時也不置可否，只問做這種手術的安全性。說著說著，高友三大爺爺來了，立刻擺出父親叔叔的架勢說：「你倆前面已經弄死了一個女孩子，現在日子愈過愈好，幹嘛還要再作孽？這孩子生下後要花多少錢，都算我的！」父母親啞口無言，只好打消墮胎決定；我被獲准來到人間。但誰來做我的父母，還沒定案，因為劉伯伯夫婦這時又出現了。劉珮君女士知道母親又懷孕了，重新燃起希望。那時正值母親學校放寒假，劉媽媽幾乎天天到家裡找母親話家常，也是山東籍的劉媽媽和母親一起做北方餐食，讓父親飽口福，這位客人每天融入我母親與孩子的生活中，像是一家人。

眼看母親肚子漸漸隆起，劉伯伯夫婦半正式地提出了他們的要求：「肚子裡的孩子就送給我們養吧？只是不知道是個男的還是女的。」父親聽了他們這種表達方式，並不高興，但看在都是老朋友了，以一貫賭氣的方式說：「只要你們要定了他，他就一定會是個男孩！」

一九五五年九月八日的前一晚，母親知道孩子要出世了。父親本想像上回一樣的如法炮製，夫妻協力自己在家再接生一次。但母親感覺不對，要父親召三輪車送醫院，當時最近的醫院是在南海路的婦幼中心，父親還和三輪車伕講價，一趟兩塊五毛，才帶母親上了車。在醫院又折騰了好一陣子後，我在九月八日清晨降臨人間，取名高治宇，小名磐磐，父親是祈望這小子能為家中帶來「磐石之安」。父親這次展現出守法的公民責任，當天就立刻替我報了戶口。

第二日劉伯伯夫婦帶著禮物來醫院，看見是一個挺富態的胖小子，高興得合不攏嘴，直說：「我們要了，我們要了！」父親支吾其詞地說：「我已幫孩子報了戶口……」誰知劉伯伯這樣接話：「你報得這麼快？不過我們可將孩子先報個死亡，然後再報出生在我們的名下，這些我都可去打點。」「另外，手續辦妥之後，我們兩家應斷絕來往，以免給孩子帶來不必要的困擾。」一心求子的劉伯伯，言談已經嚴重失態了。從此，兩家有好一段時間沒有來往，直到四年後劉伯伯夫婦面臨婚姻破裂。

16

響應克難運動

公館水源地這兩房一廳的簡陋房子，本來是向人租的，屋主這時要賣。父親將家中全部積蓄加上兩個單位發的出生補助，湊了三千元，買下了這間我開始有記憶以來的第一間房子。

母親產假到期，家中面臨從未出現過的麻煩：大夥白天上班上學後，怎麼處置這嬰兒？那時候，「托嬰」僅限於街坊鄰居之間的互相請託，索價不低，等於夫婦其中一人的薪水白幹了。母親認為這錢必須花，但父親省吃儉用的教戰手則中，有這麼一條：「沒有三、五個正面的理由支持一個花錢的方案，這錢絕對不能花。」想來想去，他就是想省下錢！另外，父親也不希望自己的兒子讓那些不清潔、且氣質不佳的婆婆媽媽帶著。母親聽了父親的決定，一面嘆氣，一面想：「好吧，自己帶就自己帶，但怎麼個帶法兒呢？當初真應該把孩子送給劉隆岐夫婦養的。」

父親設計的辦法是：一早家人出門後，把餵飽的嬰兒放在搖籃中鎖在屋內，中午母親趁著休息時間，回來給孩子餵二次奶，父親自己則爭取早上班、早下班，下午三點以後，家中就有人了！還特別交代未上學的三歲半二哥，如果聽見弟弟哭了，就在外牆上敲一敲，弟弟知道有人在外，就會止哭。

二哥在我沒出生前，是常跟著母親去學校的，現在成了全職衛兵，和屋內兩個月大的弟弟玩「敲三下」的遊戲。父親問二哥效果如何，二哥哭著答：「一開始有用，後來就沒用了。」每當想著這情景：一個三歲多的孩子，在屋外聽弟弟在屋內哭得聲嘶力竭，又無計可施時，我就會鼻酸。

母親想到，兩個月大的嬰孩不能像一般人照三餐吃奶，況且自己的奶水已愈來愈少，應該要給孩子吃奶粉了。父親覺得有理，買了一罐克寧奶粉回來，但是一罐奶粉四十元，十罐就相當於父親一個月的薪水啊。

當時臺灣正在大力推行「克難運動」，有一條街名改稱為克難街，有一支克難籃球隊，髮型也有克難頭，公家單位要選出「克難楷模」，也有這樣一首克難歌：「要刻苦，要克難，成功不會從天上掉下來。」父親騎著腳踏車上下班，也哼著這首歌，只是歌詞為「奶粉不會從天上掉下來」。

突然，經過一間西點麵包店的騎樓時，見到堆積如山的紙盒裝物品，上面插個牌子寫著：「美國進口脫脂奶粉，一公斤兩元」，父親眼睛一亮，奶粉的問題解決了！

這種脫脂奶粉是當時美國援助臺灣的重點項目之一，它是製作奶油的副產品，和我們現在喝的時髦脫脂鮮奶製作過程並不一樣。它的質地奇特，用熱水是泡不開的，必須用滾水煮開。才三個月大的我，為了配合家計，開始每天喝脫脂奶粉。

嬰兒時期的苦難，我不復記憶，但我記得讀小學時，學校每天早上也免費供應這種奶粉，我總是拒喝，因為它的味道太怪，除非加入大量的白糖來調味。有一回我敘述這段記憶，父親聽了大笑，原來他想起我三個月大時，就是如此反應，只要奶裡的糖放得不夠，我就用小舌頭將奶嘴往外硬頂。

嬰兒的腸胃根本不適應這種奶製品，我喝了後，第一個星期猛拉稀，第二個星期直便秘，看著我漲紅著臉拉不出屎來，母親哭著將肥皂削尖替我做局部潤滑，那時連甘油球都沒捨得買。

就在這樣的養法下，我雖一天天長大，但機巧發育很慢，可能是長期被關在搖籃車中的結果。俗話說「嬰兒七坐八爬」，我遲到十個月才會坐，十四個月才會爬，而且爬法怪異，是坐著用右手撐著往前移，一歲半才勉強會走。會走路之後，就跟著二哥在街坊中串門玩耍，直到二哥上了一年級，我必須開始「單飛」。

我三歲整時，出現了暴戾的性格。要是鄰居哪個孩子欺負了我，我會想盡種種點子報復他，包括砸玻璃窗，打他們家養的雞鴨，甚至於丟石頭暗算對方。鄰居看我年紀小，也沒轍，只有等父母親回家後，告狀索賠。父母親總是頻頻道歉賠償，但從未因此打罵過我，應是他們覺得白天讓我一人放單，十分歉疚吧！母親認為解決的辦法是讓我去上幼稚園，改變一下氣質，但這又是一項「和錢過不去」的建議。沒去上幼稚園，我的日子反而好過，因為許多同年齡的都去上學了，與我作對的對手少了。

17

買了沒有產權的宅子

話說孩子們一天天長大，姊姊也上了初中，這麼個沒廁所的房子，對她來說實在是太不方便了。父親這幾年來刻苦克難，省吃儉用，就是為了要攢足錢，去買間像樣的房子。為了這個目標，他從警官的內勤調成外勤，有時間去兼了個差事，在景美正義染織廠做國民黨黨部的書記，主要工作項目是調解勞資關係。難以相信的是，他兼差的工資比正式工作的薪水還多。

父母親看上公館與景美一帶獨門獨院的平房，但房價也高，起碼要七、八萬元，暫時只能望房興嘆。這時有消息傳出，臺北市政府為了要修築新店溪堤防，要全數拆除水源地一帶的違建。這是喜憂摻半的消息，喜的是搬家一事被迫定案了，而且政府多少會發給拆遷補償金，憂的是錢還是不足以買間理想的房子。

其實當時市政府已在吳興街興建國民住宅，安置被拆遷戶，且費用低廉，但父親卻拒絕將此當成選項之一。這又是他特立獨行的個性使然吧。日後警官隊也配給他全新的眷舍，他都放棄了。離開軍隊後，生活和事業一直不順遂的他，不想住在一個每天生活中要人比人的社群裡。

這一日父親下班，情緒大好，是難得一見的情況。通常情況是，父親回來一進門，我們必須屏住呼吸，小心察言觀色，就像電影中的潛艇水手遭遇到深水炸彈攻擊時的表情，準備一剎那間的爆炸。父親拿著一個紙袋，要我「別多話！」晚間，父親把一家人聚在臥室，把紙袋口朝下往桌面一抖，跑出十疊鈔票，每疊一千元，然後說：「這是我當了半輩子軍人的最後報酬！」其中六千元是退役金，四千元是傷口撫恤金，一個傷口一千元。我一直沒弄懂，他如何能領到這筆錢，當初他離開，進入「匪區」尋妻，按照規定，應該會受軍法審判的。或許是將功折罪吧，他到底將兩個團都安全歸建了。

這一萬元再加上政府的拆遷補償金一萬二千元，讓父親換屋的夢想，往前挪了一大步。這日，電線桿上貼的一則紅色廣告，吸引了父親的目光，上頭寫著「吉屋廉售：四萬五千元，三房兩廳，日式花園平房，廚衛，背山，地七十坪，洽劉，臺北縣景美萬盛街九十號」。

父親按址找到此屋所在地，大門開了，出現一位中年婦人。婦人和氣地說：「早上剛貼出去，您是頭一位來的，您和這房子有緣，進來看看吧！我姓劉。」口音一聽也是山東人。這房子院子中的草有點長，有株茂盛的桂花樹，屋子外部的漆有點剝蝕，屋中鋪設的是已經很舊的日式地板，屋裡東西大部分都已清空。

父親的興奮指數已達到最高點，心想，屋裡東西都搬光了，表示他們急於賣屋。但他仍極力保持鎮靜，為了下一步的討價還價，還不時地找些房子的缺點。婦人其實是個老江湖，早看出了父親的心思，「高先生，你喜歡的話，就出個價吧，咱們都是山東人，講究的是乾脆。」於是父親開價：「三萬八？」婦人回：「四萬？」父親點了頭，「行！」真是乾脆得可以。

父親把身上帶的五百元做為訂金，寫下收條，騎上腳踏車，直奔家中，早已過了吃晚飯的時間，全家等著他，一進門他就向大家宣佈：「房子買了！」父親買房子的速度，和一般家庭主婦花在買菜的時間，不相上下。

我們搬家的時間是一九六二年初，農曆新年之前，學校正在放寒假。高家大概是水源地第一家搬離的住戶，鄰居羨慕地看著我們忙進忙出。當時連人帶家當，一部中型卡車的四分之三，都沒塞滿。住進比以前寬闊很多的新家，大大小小都很興奮。

到處看看的我，發現三個房間中有一間房門是緊閉的，就好奇地從鑰匙孔往裡看，嚇了一大跳，看見一個穿白睡袍，長髮披背的女人，正對著鏡子梳頭。我衝到院子找父親，並大喊：「還有人住裡面！」父親不解地拍打叫門，屋裡頭的女人說話了：「不好意思，我行動不便，我先生馬上就回來，會和你解釋的。」我們一家人一頭霧水！

婦人的先生回來，穿著長袍，和顏悅色，眉毛很長，有些泛白，與父親打招呼說：「我叫歐陽凡，在立法院秘書處任主任秘書，我們是這裡的房客。房東說你們會搬進來，但沒想到這麼快，我們的租約是月底到期。內人患有小兒麻痺，行動不便，還請多包涵。」六歲的我，打量這對夫婦的年齡至少差了三十歲。

父親口頭說沒問題，心中卻想去立刻斃了那姓劉的婦女，竟敢欺騙我高福田！而後歐陽夫婦如期地搬走了，但這房子的詐欺問題卻是一樁接著一樁來到。

住下不久，接獲法院通知，要查封我們的房子，因為原屋主拿房子向臺北合會（北市銀的前身）抵押借款，已逾期三個月未繳。原來劉家賣屋之前，已將房子抵押給合會，用了張假的房契唬弄了父親。父親本可去告劉家詐欺，但看到這家人已山窮水盡，靠男主人賣血和賣黃牛票維生，就決定承接合會這項債務，從此每月以分期付款方式，付了將近十年才完全付清。

住了沒多久之後，又有人上門來收地租，父親這回更鎮靜了，跟上門的人談話後，瞭解到我們腳下的這七十坪地，跟本不隨屬這房子，土地是劉家向一位地主租用的，也已經快一年沒付租金了。父親快刀斬亂麻，該付多少就付多少，誰讓你自已攤上了這霉運呢？原地主很驚訝於父親的沉著，用一口臺灣國語，提供了一個辦法，「高先生，我們這塊地你喜歡的話，一坪賣你兩百塊，可以分期付款啦。」又是快刀斬亂麻，父親接受了地主的建議與條件。

當初聽信那劉家的瞎話，父親後來總共付出了多少錢？我們不敢問，問了，恐怕會挨一大頓罵或賞一個耳光吧！

這棟陳舊的房子，後來經過父親多次翻修。當需要爬樓梯的四層式公寓開始流行時，人們還羨慕我們住著有院子的平房。房子從日式地板，到洋式木質，再變成磨石子磚造，還一度成為住家兼廠房——高友三大爺爺曾在屋子後院經營過「老大康餅乾廠」，到最後成為父母親含飴弄孫的養老之處。

父親的長孫高皐峰，從三年級起跟著爺爺奶奶及妹妹高庭琇，在此生活上學一直到國中一年級，我的長女高庭聞，半歲時從美國送回臺灣由爺爺奶奶及姑姑帶到快三歲才送回美國，二哥的長女庭玫及次女庭廷，也在爺爺過世後與父母搬來和奶奶一起住了快兩年。我們高家每個成員人生中最值得記憶的事，大都發生在這個房子裡。

房子每次翻修都引來鄰居的關切，有一位也是北方人的丁姓鄰居可能是奉承父親吧，加上四個孩子當時的表現都尚可，就對父親預言：這棟房子將來會出位部長級的人物喔！後來姊姊高惠宇當選了一屆國大代表和一屆立法委員，不知是否算是部長級的人物？

18

我的成長與父親的教育

我入小學之前的頑劣，已在前面略述。還因為生日比入學門檻晚了一周，不能與同齡的孩子一起入學，父親決定讓我先去就讀遠在木柵的一所私立小學——中山小學，然後再轉到母親任教的國小。中山是劉伯伯工作單位的附設小學，入學要經過考試，我沒上過幼稚園，根本不知考試為何物，非常害怕。父親告訴我：「考試，就是別人問你什麼，你就照實說什麼，別怕！」母親很擔心，臨時惡補讓我學會寫自己的名字，然後又教我基本的加減法，注音符號恐怕是來不及教了。最後我竟考取了，當然要感謝劉伯伯私下的疏通。

我進入高中之前，其實是個相當自卑的孩子，原因很單純，因為總覺得我家的物質條件比別的同學差很多。再者，我曾是個體重過胖兒。我進中山小學的第一天，不敢正眼看那些穿著乾淨、氣質高雅的同學，尤其是女生。我唯一的交談對象，是劉伯伯單位一個技士的兒子，只因他的氣質讓我沒有壓迫感。

一日我遲醒了，因為要趕公路局車子上學，沒有吃早飯，母親打電話給劉伯伯，請他給我買些點心充饑。劉伯伯買了，請那位技士交給我，那時還沒下課，但我的座位正好在窗戶邊，技士就將點心遞給了我，我會意地點點頭。下課後，我立刻找到技士的兒子，將點心交給了他，「這是你爸爸給你吃的。」看他大口大口吃著，我偷偷地嚥口水，也羨慕別人有這麼好的爸爸。

回家後才搞清楚是怎麼回事，父母親若有所思地安慰我，其實我並沒有太懊惱，因為我做夢都未想過，有人會在學校拿著豆沙麵包和炸麻花給我吃，反而覺得母親給劉伯伯打電話是多此一舉。其實餓肚子對當時我們四個子女來說，是極為平常的事。

記憶最深刻的是，有次我自己去鄰居串門子，小朋友不在，我看到桌上有盤餃子，趁四下無人，抓了一個就往嘴裡放，我的媽呀！燙得我舌頭發麻，卻不敢叫出聲音，原來那餃子是糖汁餡的。衝出屋子，將餃子吐到自己手中，吹了吹，又吃了回去。回味起來很不錯，回家建議父母也包一次糖餃子吃，父親說那是南方人吃的玩意兒，山東人不吃。

又有一回，父母中午出去做客，到了晚餐時間，還沒回家，我們姊弟肚子都餓了，我看到有一鍋溫熱糊狀的東西在地上，找了勺子，喝了個痛快。姊姊見了直呼：「唉呀！那是鍋刷牆壁用的漿糊，裡面有明礬，你會死掉的！」我不以為意，只感到喝了後，通身舒暢。

讀者或許好奇，我們家為什麼準備一大鍋漿糊？因為新年將至，全家的例行工作之一是用紙糊牆壁：把用過的考卷紙的正面，塗上漿糊，一張接一張貼滿牆壁，讓家裡看來比較白亮，可以煥然一新的過年。過完年後，厚實的紙加上背面的漿糊，成為老鼠的最愛。父親每次看到我要打老鼠，總是說：「別打了，牠們是陪著你在搖籃中長大的。」

初中時，有回父親帶我參加他同事的婚宴，我和其他的孩子們坐在一桌，他們又吃又喝，有說有笑，我卻覺得時間過得特別慢，那桌酒席好像永遠吃不完似的，恨父親為何沒讓我跟他坐一起。同桌有位漂亮的大姊姊倒是吸引了我自卑的眼神，她比我大概年長四、五歲，相當老練地招呼每個小朋友。過了幾年後才知道，她就是電視節目《群星會》的重要成員之一金燕小姐，她父親朱先生和我父親是警官第二大隊的多年同事。

這裡有點離題了，還沒認真談到父親對我們的教育方式。廣義的說，父親對我們的教育，已包含在前面的四萬多字敘述當中。狹義的講，父親是相信「棒下出孝子」的老舊家教。這種打罵教育方式，經由大哥一人遭受身心之痛，警戒了另外三個子女。對長子求好心切的傳統觀念，讓我頑皮不羈的大哥一直到上了高中，還經常遭受皮肉之苦。我們其他三個孩子，同情這位手足之餘，只能竭力趨吉避凶。後來大哥進入軍校，畢業後表現不凡，父親覺得自己順利地完成了一個中國父親的使命。

十歲左右時，家中做了回大幅整修，父親友人向書法家梁寒操先生求了幅鍾王體的「朱柏廬治家格言」。父親閒時總愛講述給子女聽，愛掉書袋的我，到高中時已能背上七成。我印象最深的是那句「聽婦言，乖骨肉，豈是丈夫；重資財，薄父母，不成人子」。有回在賭城，父親玩輪盤，小勝之後，在回房間的路上，意猶未盡，要回去再賭，我就用朱子格言中的一句話「得意不宜再往」勸住了他。

父親在教育我們的過程中，總會使用一些口頭禪，這些語錄，大部分出處不詳，一小部分是他的原創，但多多少少都有以小諭大的教育意思，現在節錄部分於下：

人只有受不完的罪，沒有享不盡的福。

寧吃鮮桃一口，不吃爛杏一筐。

千萬不可做個上床只看到老婆孩子，下床只看到鞋子的窩囊廢。

貓有捕鼠之能，也有吃雞之病。

什麼藥都有，就是沒有治後悔病的藥。

噘嘴的騾子，賣了個馬的錢，吃了嘴的虧。（要孩子謹言）

小孩可以調皮，但不可以頑皮。

小孩子要多長骨頭，別盡長肉。

要想出頭，必須得到你長官的長官的賞識。

丈夫一回家，就能聞出有沒有別的男人來過。

19

父親的晚年

父親退休後的第二年，也就是一九七九年，我和妻子麗娟結婚後立刻赴美留學，出發前夕父親對麗娟說：「治宇自小就離不開他媽，我們也最嬌慣他，他有能力拿到美國的獎學金，但沒有把握能照顧好自己，現在我放心了，妳和他一塊兒去，就像他帶著媽去一樣。」這些話若讓一位較新潮的女性聽了，一定覺得刺耳，因為麗娟並不是去美國陪我讀書的，她自己也申請到本科系的半額獎學金。但她很懇切地回答：「爸爸，我懂得您的意思，我當初決定和治宇交往，就是覺得他對我有一種母性的需要感，您放心吧！」每每想起這段公公與媳婦間的對話，就讓我感到溫暖。

我在美國讀書、拿博士學位、就業、生了三個孩子，父親前後來美探視我們三次，他和大部分的臺灣探親父母非常不一樣，從未覺得生活無聊或無奈，他喜歡觀察美國人的生活方式，而且觀察後有自己的想法。想念臺灣老窩時，會淡淡的來一句：「江南山色好，終非是吾家。」

他會自己一個人花上幾小時，在我住處附近閒逛，回來後告訴我們誰家種了什麼花、什麼菜，哪個山澗有多安靜，拉個野屎都沒人知道。開車出去長途旅行時，父親從未在車上打過瞌睡，努力觀察外面景致以外，也與我作伴聊天。我這個司機，不是因長途開車疲累，反而是因為一路要和他對話而疲累，我一但不回話，他就會說：「你累了？停下來，休息一下！」進入加油休息站，他總是最後一個去上廁所，以此證明他的攝護腺很健康。

我每開到一個城鎮，父親一定要去看看當地的火車站，美國西部火車站的地理與歷史地位都不高，沒什麼特別看頭，父親總會下這個結論：「美國西部還有很多開發的餘地！」有一回加油，父親注意到商店櫥窗上的一行英文字「No Shirts No Shoes No Service」，他問那時剛滿七歲的孫女高庭聞：「這店裡不賣襯衫，不賣鞋子，還有一樣不賣的是啥？」庭聞自小就熟悉爺爺的山東腔，但這問題確實難答，我進車解決了他們祖孫間的翻譯困難，庭聞瞭解爺爺對那英文句子的誤解後，大笑個不停。打盹的母親聽到吵聲醒了，大夥解釋半天，她好像也沒聽懂其中的笑點。父親這時的口頭禪就出現了：「老太婆，妳真笨啊！」

我們從小就很習慣於父親對母親的類似奚落，沒人敢挺身而出為母親辯解。後來母親也退休了，漸漸發現她愈來愈排斥父親長久以來這套對待她的方式，我總是會勸她：「媽，您都已經忍受一輩子了，還何必計較呢？」那一次旅行，父親那句「妳真笨」讓母親在旅途中不愉快了好一陣子。

現在回憶起來，母親退休前後，其實已得了輕度憂鬱症，長期為生活勞累奔波，又有一位壓抑她主見的威權老公，讓母親一生無法充分地做自己，所以她臉上總有淡淡愁緒。即使父親比她先離世了好多年，母親都無法從自己解放出來。

臺灣開放探親後，父母親於一九八九年七月回到睽違四十餘年的老家，近一個月的時間，他們去了上海、武漢、鄭州、青島及山東老家。在武漢時與母親的弟弟（我的五舅）徹夜辯論國共兩黨執政的優劣。有次父親本已回房間就寢，但愈想愈不爽，又去敲我們五舅的房門，開了重腔：「強華（五舅小名），我以前最疼你，你也最聰明，怎麼會被共產黨洗腦洗到這種程度，都是自己親人，何必來這套宣傳手法？你說共產黨好？你看看你們現在過的是什麼樣的日子？」睡眼惺忪的五舅，彷彿又看見了四十年前那位蠻橫好強的大姊夫了。他只有趕快點頭，打發父親快去睡覺。

母親另一位弟弟，四舅建華當時在稅務局任職，找了輛公務轎車和司機，供父親一行三人代步。那時「六四民運」已從北京延燒到武漢，黑色公務車是學生示威的目標。有一日，很不巧地車子就遭群眾攔下了，好在有公安在現場，瞭解父親三人的背景後，請他們先下車，等候公安與學生交涉。其中有位公安看到父親似乎沉不住氣，過來遞菸搭訕，父親因為領情，突然想說出真心話：「唉！這不算什麼，我四十年前就曾經……」話沒說完，就被四舅迅速用手肘拐了一下，才把話岔開。那時美國正在流行一齣電視單元劇「*Crazy Like a Fox*」，描述一個桀驁不馴的七旬退休警察敢說直言的日常生活，我在劇中看見了父親的影子。

九〇年代初，李登輝在臺灣擔任總統，他的執政風格引起老一輩外省籍人士的強烈不滿。茶餘飯後，公園散步，共同的話題幾乎就是批判李先生。父親總是保持風度地當聽眾，不太發表意見。在一次軍校同學會的聚餐中，一位不算熟稔的老兄衝著父親說：「福田對我們的意見，似乎不以為然，來聽聽他的看法。」父親回答：「我的看法很簡單，如果你是李登輝，你會怎麼辦？是死抱著外省國民黨大老的腿，還是另闢出路？」

整桌的同學聽後一時不知如何回應。這說明父親一生是個講求實際、不隨意附和別人意見的人。他當時的看法是：在國民黨這樣講求輩分資歷和黨齡黨性的文化下，一個臺灣本土人士，敢接下蔣經國這個「超級強人」的領導擔子，證明李先生是一個有膽識的人。當然，李登輝後期的政治路線父親沒來得及看到，也無法再問他是否對李的觀感還是一樣？

20

這麼好的身體，走得這麼快

父親是我們子女眼中的鐵漢：吃飯狼吞虎嚥，喝酒乾杯從不囉嗦，說話聲音如洪鐘，走路疾如風，倒頭就睡著，他的體格一直壯碩健朗，子女們都認為他一定會長壽。他很注重體能鍛鍊，出門辦事，能走路到達的地點，絕不坐車，六十歲之後，唯一需要每天服用的藥物是降血壓劑。

一九九二年秋季，是父親第三次也是最後一次來美探望我們一家五口，那時老三剛出生不久，取名高庭珊，和老大高庭聞差了整整十二歲。父親是個「重男輕女」的傳統男人，曾對孫輩中男孩太少，有著說不出口的遺憾。但我老三出世後，他還是老遠從臺灣飛來看她，但不想記住庭珊的名字，總是以「那個漂亮女孩」代替。

有天妻子麗娟悄聲的告訴我，她洗衣服時總發現父親的內褲有糞跡。父親一生好強，我一時也不知如何開口問他。幾日後全家外出，父親一回來就直奔廁所，然後嚷著叫母親拿內褲來換。我問他是否肚子吃壞，父親只說有時想拉但拉不出來，但有時大便說來就來了。父親過世後，我才理解那就是所謂的「裡急外重」，是大腸癌的典型徵兆之一。

一輩子自詡身體好到不行的父親，有句口頭禪，他喜歡說：「醫生是我的敵人！」他一生沒有做過任何的身體檢查。從美國回臺後，對排便還是不以為意，便秘愈來愈嚴重，也覺得不必就醫，自己買甘油球解決問題。孔聖人說「斯人也，而有斯疾也！」正是父親的寫照啊。

就這樣又過了一年，直到一九九三年十月初，大便完全排不出來了，才至汀州路三總掛號。徹底洗腸後，照了大腸鏡，確定為大腸腫瘤。父親聽了沒表現出驚惶，只說：「這種病我太太十年前也得過，開刀拿掉那些腫塊，她就好了。」臺灣的兄姊開始安排住院與手術日期。

手術前兩日我回到臺灣，直接去三總病房，看到消瘦許多、但精神尚可的父親。他給我解釋病情，結論是：「腫瘤將腸子堵住了些，所以大便拉不出，拿掉就沒事了！」當晚我睡在病房，第二天扶著他在走廊散步，他還問我對李登輝的看法，我的回答和他的想法不謀而合，並轉述他們軍校同學集會時發生過的爭論。

手術前一晚，全家都來到病房，每個人都覺得明天手術過後，父親就沒事了。晚餐時間，姊姊向父親報告：「小弟回來還沒好好吃一餐，我們去吃個飯，然後去拜訪明天主刀的大夫。」五個人吃了一頓麻辣鍋，又往主刀大夫家詢問情況，醫生不在家，我們回去病房。父親卻突然發脾氣了：「我的家庭教育真的徹底失敗！你們之中最年輕的也快四十了，在社會上都獨當一面，竟然會這麼不懂事？你們這樣輕鬆吃喝，像是父親明天要開刀的子女嗎？」聲音大到讓外面值勤的護理老班長都趕過來看個究竟。

當晚我仍睡在病房，但父親似乎一夜沒睡好，因為沒聽到任何的鼾聲。天沒亮，爺倆就起床了，父親承認手術前夕，無法入眠，他形容就像當兵時面臨拂曉攻擊前的一夜，我說沒錯，今天就是攻擊日，幫他洗了澡，刮了鬍子，護士進來灌腸，七點準時移赴手術室，二哥已在手術房自動門前等著。他要我回病房再補點睡眠，因為估計手術起碼要五個小時。

但還不到九點半，二哥打電話至病房，要我也去手術室，我趕到時沒見到他，等了一會兒，見他從門內出來，滿面戚容地說：「癌細胞已蔓延至整個腹腔，無法動任何部位，現在只能為他縫合，等會就推回病房。」那一刻是我有生以來頭一回感覺到死亡的恐懼。我趕緊打電話給妻子，要她盡快帶三個孩子回臺灣與爺爺見最後一面。

手術房回來後，父親清醒了，沒人敢告訴他實情，他問手術的結果，拿掉多少腫瘤，還試著要跟母親上回開刀的情況比較。開膛破肚後，加速了病情的惡化，手術後第二天，父親已完全進入生命垂危狀態，流著重汗、喘著大氣，和疼痛搏鬥扭曲了他的臉，兩手不時捏著被沿抖動。大嫂吳宜坤當時任空總護士，弄了些嗎啡針劑，要我在父親疼痛呻吟時，偷偷地由脊椎導管注射至父親體內。我每次做此醫護行為時，都先說要替他翻身擦背，待他側身後，才能開始注射，這種注射反壓很大，要使些勁，病人也會有一陣痛楚。有回替父親做完後，讓他躺平，看他似乎舒服了些，他疾顏厲色的對我說：「你真沒用，把我弄得好疼，你大哥在的話就好了，他最細心。」我聽了一愣，大哥有很多長處沒錯，但不可能包括「細心」。原來父親在想早年經常受他打罵的大哥了，人要往生時，心中深痛的記憶會在腦海中打轉吧。

縫合後的肚子，不到幾天就鼓脹得像個球似的，醫生給父親開了個小洞做腹水引流，幾分鐘內就引出六大瓶液體。大哥聽說深山中的野靈芝有消除腹水及抑制腫瘤的功效，花了六萬元，請他在臺東的好友弄來一塊，去藥房切成片後和牛蒡煮給父親喝，等待奇蹟的出現。當父親看到從美國回來的媳婦及三個孫子女，心裡應該對病情有數，但他始終未問我們是否無救了。

十二月十五日晚間，由大嫂值班看護病人，我們回家休息再輪值。晚上八點左右，她打電話給每一家，說父親喘得很急，可能不行了，我們趕去後，醫生正在用強心劑急救。穩定後，父親說自己沒事，要我們都回去，留下剛雇用的特護，但二哥決定留下過夜，我們臨行前，父親吻了母親的臉頰，一個子女們從未見過的舉動。回家後還沒坐定，二哥就來電話，一家三代趕到時，父親已嚥氣。父親接生二哥出世，二哥送父親往生，父子之緣，令人泫然欲泣。二哥告訴我們，父親的最後一句話是「現在幾點了？」一位鐵漢上路前的關切。

後記

父親從手術到往生，剛好兩個星期。父親生前常謂：「大丈夫，上不拖累父母，下不拖累子女。」他不但做到了，而且做得很徹底。一個人在世生老病死，能一以貫之的不多，這是為什麼我一直想書寫父親的原因。七十五歲並非高壽，但我一直以為父親走的時機很對，當時正值四個子女事業有成，孫輩也已有七位。他應了無遺憾！

我們的母親黃璇琳在父親走後十三年，以八十八高齡於二〇一〇年六月往生。她沒有父親那樣幸運，過世前整整在病榻纏綿了六年。母親臨走前，姊姊建議我把手邊寫的父親稿子唸給她聽，我唸文字時，她閉著眼，不時的皺眉，不知是我的聲音讓她不安，還是父親一生的強悍讓她回到過去而激動？父親早先是土葬於警政署的警察公墓，母親往生後火化，我們順便也替父親撿骨火化，將他們一起合塔於警察公墓的納骨堂，吵吵鬧鬧了一輩子，他們現在又在一起了。這本書付梓後，我會放一本在他們的骨灰旁，讓我這么兒感覺與他們更親近。

結尾，講一個小故事。父親在軍中時對馬匹鍾情，每次來美探訪我，我們都會去賽馬場小賭一番。有一回，他選了一匹賠率一比五的黑馬，而且一副志在必得的樣子，要我買張二十美元的賭票。我走到售票口，開始猶豫，要是黑馬沒跑第一，老人家的失望不是我願意面對的，於是我沒買賭票，在地上隨便撿了張廢票充數。如果沒中，也讓他過了癮，若是中了，我自掏腰包給他個大驚喜。結果黑馬出線，皆大歡喜，他請全家上館子吃了一頓，整晚不停的說：「我告訴你們我懂馬，你們還不信！」

就這樣，在慢慢打字書寫的過程中，我好像又跟高福田先生重新經歷了一遍三十八個年頭的父子因緣。

想念你，爸爸！

—跋—

我們那山東老爸

高惠宇

高治宇是我的么弟，讀了自然科學，卻對人文歷史有極高興趣。二十四歲赴美留學，在美國成家立業，用的都是英語和科學符號，接近六十歲時，突然想用中文寫稿。這不是件容易的事，但他做到了。

我們奇特父親的一生，是他嘗試的第一個作品。

幼年時，我們手足四人就讀的都是同一個國小，我畢業多年，高治宇才入學。那時候的小學國語課，好像永遠都會有一個「我的父親」這類作文題目。四個人寫的內容幾乎都一模一樣，不外是：暴躁的父親、嚴厲的父親、儉省的父親、刻苦的父親，再加一段委屈的母親！

國小老師們忍不住去問也在同一學校任教的母親：「黃老師，妳先生真的是一位很兇的山東大漢嗎？妳四個子女的作文，寫的真的都是同一個人！」

怎麼可能不一樣？他是一個心無旁騖、全天候盯著子女生活和學業的父親；他是一個相信體罰是教育必要手段的父親；他也是一個要求子女熟讀「忠孝節義」故事的父親。我們全都經歷過軍事管理式的親子關係。我是女孩，體罰也許少了點，高治宇是么兒，管教也許寬鬆了點，但對父親的畏懼並無差別，筆下的父親自然不會有第二種故事！

高治宇這本書進入編輯程序後，編書人問我，令弟描寫的是一位前半生從軍的人物，怎麼沒有他穿軍裝的照片？這又要說回父親的壞脾氣了！

我們家在民國五十年代，是住在當時台北市古亭區羅斯福路四段二十四巷巷底的新店溪河邊，是一間很簡陋的違章建築，每遇颱風來襲，新店溪暴漲，我們住的那一帶夜間就會淹水。半夜被父親喚醒，要我們穿好學校制服，背好書包，走路前往附近街上一位世伯家裡借住一宿。

同樣的逃水經歷，每年夏天都有一、兩次。看著我們困惑的臉，父親總是說：「我們還沒有存夠錢搬家。」有一次又淹水，母親匆忙中不慎將大陸帶出來的一盒舊照片捲到水裡，她正想救起照片，父親喝斥道：「人都要淹死了，還救什麼照片？」

從此，母親的少女照、父母的結婚照、父親的軍裝照，以及我和大弟的嬰兒照，全都隨水而去。

子女們年齡漸長，與社會接觸增多，人生開始有閱歷，才懂得體會一個心高氣傲，卻際遇困頓的男人，認命之餘，不願再與社會攀比，只想守顧著完全屬於自己的妻兒，活著自己能完全掌控的簡單生活的心境。

一直到我們自己也步入中年，在職場競爭和人際關係中，經歷到許多庸碌和庸俗，才不約而同地承認：父親一再講述的很多識人與處世原則，其實是有著獨特智慧的。

父親很佩服清末名將曾國藩，我讀高中時，他要求我每周抽空讀幾頁《曾文正公家書》，還要用紅筆點圈，這樣他就可以查考我究竟讀了多少。

他說，一個帶兵在外的將軍，還不忘嚴格督促家中女眷生活細節，曾國藩治軍治家的嚴格，是天下正派男人的典範。

父親告訴我，曾國藩有一封家書，交代家中女眷，夜裡起床使用尿桶時，避免讓人聽到嘩嘩聲，必須要沿著尿桶邊邊尿尿，這是很重要的婦德。

我讀初一時，雖每天搭公車長途通學，但仍被父親要求必須協助家事，有時即使第二天要考試，也必須將當天碗盤洗完，才能去K書，我心中難免怨懟。

那時家裡還沒有自用廁所，晚上起床小便，不方便去公廁，必須使用尿罐，想到曾文正公對曾府女眷的交代，和隔牆有耳的父親，我還真的忍著一點一滴地沿著罐子邊邊尿尿。

父親年幼即加入軍伍，沒有好好練過字，一直以自己寫不出優美的漢字為憾，便要求我們子女從小練習寫毛筆字，我深以此事為苦。有一個周末，同學約了出去玩耍，我快速地寫了幾行字，向父親交差。

接過我的宣紙，他立刻變臉，「這是鬼畫符。妳敷衍我啊！」那天，我挨了一記耳光。

日後，我作了記者，沒有電腦的年代，我寫稿的國字跟父親一樣醜八怪。不知是不是因為挨了那記耳光，更加抵制練字的結果。

少女時代，對父親是懼怕中有著疏離。覺得家貧無所謂，但有一個嚴格得帶子女像帶軍隊一樣的父親，是很受不了的事，我曾因此離家出走過一、兩次！

我大學念的是師大國文系，卻對新聞工作有興趣，教書之餘，想出國留學。那對家裡絕對是一筆額外負擔。父親卻意外地支持我去申請學校，要我別擔心經費問題。他說，做為父親，該教育給我的東西他都已教了，很放心我從此對自己生活與生涯的規劃。

我後來的新聞職涯走得順利，父親也一直以我為榮。父女關係愈來愈好。

父親七十五歲過世，以現在的標準言，他是走得早了些。我們子女平時海內海外，一旦碰面，回憶許多「當年」時，父親總是我們話題的中心。

高治宇是老么，記憶力驚人。我們成年之前都與父親有互動，對父親一生的曲折，記得的卻沒有治宇多。很多故事，還是讀了治宇的述寫以後，才點點滴滴回想起來。

我們的父親高福田不是名人，更不是偉人，其實就是大時代中的芸芸眾生。描寫芸芸眾生，心中要有熱情，筆下要有感情，讀科學的高治宇具備了這些特質。我願意推薦他這第一本寫作！

父親離開我們已二十五年，母親也已去世十年。民國一〇八年正是父親一百歲的冥誕，高治宇這本小書的問世，代表也逐漸老去的高家四個子女，對我們雙親永遠的感恩與懷念！

國家圖書館出版品預行編目(CIP) 資料

我們那山東老爸 / 高治宇著. -- 初版. -- 臺北市 : 文訊雜誌社, 2018.12
面； 公分
ISBN 978-986-6102-38-7(平裝)

855 1107021063

我們那山東老爸

著者 高治宇
校對 高惠宇 杜秀卿 林暄燁 蘇筱雯
封面設計 翁翁・不倒翁視覺創意
出版 文訊雜誌社
地址：台北市中正區中山南路11號B2
電話：02-23433142 傳真：02-23946103
電子信箱：wenhsun7@ms19.hinet.net
網址：http://www.wenhsun.com.tw
郵撥：12106756 文訊雜誌社

印刷 松霖彩色印刷公司
發行 聯合發行股份有限公司
出版日期 2018年12月初版
定價 200元
ISBN 978-986-6102-38-7